OLYMPE AUDOUARD

SINGULIÈRE

Nuit de Noce

DRAME DE LA VIE PARISIENNE

I0562704

PARIS

C. MARPON ET E. FLAMMARION

ÉDITEURS

26, RUE RACINE, PRÈS L'ODÉON

SINGULIÈRE

NUIT DE NOCE

DRAME DE LA VIE PARISIENNE

F. AUREAU — IMP. DE LAGNY

SINGULIÈRE

NUIT DE NOCE

DRAME DE LA VIE PARISIENNE

PAR

OLYMPE AUDOUARD

PARIS

C. MARPON ET E. FLAMMARION, ÉDITEURS

26, RUE RACINE, PRÈS L'ODÉON

—

SINGULIÈRE

NUIT DE NOCE

I

UN MARI MYSTIFIÉ

C'est sous le règne de Napoléon III que le monde étranger et quelque peu étrange a pris possession pleine et entière de Paris.

La cour était cosmopolite : Brésiliens, Mexicains, Russes et Américains s'y trouvaient à l'aise ; les rastaquouères eux-mêmes ne s'y sentaient point trop déplacés.

Déjà les Champs-Élysées étaient accaparés par les millionnaires exotiques, le monde cosmopolite riche se portait vers le parc Monceau, et s'y faisait bâtir ces élégants petits hôtels qui font le charme

1

de leurs heureux propriétaires et qui réjouissent les yeux des passants.

Parmi les constructions les plus artistement coquettes se fait remarquer l'hôtel X..., qui était, en 1863, habité par le marquis et par la marquise de Salvédro.

Rénold de Salvédro, était un riche gentilhomme brésilien; beau cavalier malgré ses quarante ans sonnés, et fort galant homme.

Régina de Salvédro était une jeune créole de la Martinique; elle était belle comme sont belles les filles de sang mêlé. Sa mère était une quarteronne et Régina était née de la liaison de sa mère avec un riche Espagnol. Son teint avait une blancheur nacrée, ses yeux noirs avaient des lueurs chaudes, sa bouche sensuelle était ornée de dents superbes, sa grâce féline et indolente, toute sa séduisance, lui avaient valu l'honneur de devenir marquise de Salvedro. Rénold, l'avait vue, il en était devenu éperdûment épris et il l'avait épousée. Après six années de mariage son amour n'avait rien perdu de sa fougueuse intensité, il l'adorait et il en était jaloux comme sont jaloux les hommes nés sous un ciel de feu.

Amener sa femme à Paris était une rare imprudence, la vertu des femmes y subit de violents assauts; mais Régina avait désiré vivre dans notre capitale. Il aimait trop pour avoir le courage de résister à la volonté de son idole.

. . . .

Ce jour-là, on était au mois de juillet, il faisait une chaleur à liquéfier le macadam, Régina de Salvedro était seule dans un salon donnant de plein pied dans un petit jardin qu'une grille seulement séparait du parc Monceau.

Les persiennes étaient fermées. Ce délicieux réduit, tendu d'étoffes orientales, orné de bibelots d'un prix fou, n'était éclairé que par un demi-jour mystérieux, et du jardin arrivait le parfum capiteux des fleurs surchauffées par un soleil brûlant.

Régina, habilement dévêtue dans un fouilli de dentelles et de foulards des Indes d'une nuance rose passé, était assise dans un large et confortable fauteuil, ses petits pieds, chaussés de mules de satin rose, battaient nerveusement le coussin sur lequel ils étaient posés ; et la belle créole, tout en mordillant un gros bouquet de roses, xait un regard anxieux sur une ravissante pendule de Sèvre ornant la cheminée. À mesure que l'heure avançait son front se plissait, et de sa mignonne main crispée elle effeuillait méchamment les roses qui n'en pouvaient mais.

Enfin ! la porte du salon s'ouvrit, un valet de chambre annonça le vicomte de Tressac, puis il s'effaça pour laisser entrer le visiteur et il referma la porte.

— Vous allez bien, marquise ?

— Bien, merci, vicomte.

— Ces chaleur tropicales doivent vous rappeler votre patrie.

Elle prêta l'oreille, elle entendit la porte du salon précédant celui dans lequel elle était se refermer.

— Nous sommes seuls Henri ; — elle se jeta dans les bras du jeune homme qui l'embrassa follement, comme un amant aimant et aimé sait embrasser.

Elle s'assit sur un canapé, et lui se mit à côté d'elle.

— Comme tu viens tard fit-elle.

— Que veux-tu ma chérie, j'attendais par prudence que sa partie de billard fût commencée ; à présent, tout à ses carambolages, il en a pour deux bonnes heures à oublier son vilain métier de tigre jaloux.

— Quel bonheur pour nous que cette monomanie de carambolages, se soit emparée de lui !

— C'est une réelle chance, aussi, je ne puis passer à côté d'un billard sans avoir envie de lui tirer un coup de chapeau reconnaissant. Et la nièce, est-elle sortie ?

— Non, mais elle est dans son atelier, très occupée a faire le portrait de sa sœur de lait, du reste elle ne vient presque jamais chez moi dans la journée, c'est une originale éprise d'art et de solitude.

Puisque nous sommes assurés de n'être point dérangés, je t'en prie, dis qu'on nous amène notre fils, je vais pouvoir l'embrasser à bouche que veux-tu, ce sera une grande joie pour moi.

Elle sonna, et donna l'ordre de prier la gouvernante du petit Jean de conduire l'enfant au salon.

Bientôt, une Anglaise bien raide et bien correcte entra tenant par la main un délicieux baby de deux ans.

La mère prit l'enfant, l'assit sur ses genoux. Vous reviendrez le chercher tantôt, dit-elle, pour le conduire jouer dans le parc.

La gouvernante sortie, Henri de Tressac prit l'enfant, le mit sur ses genoux, et tout en couvrant de baisers ses cheveux noirs frisottants et ses bras potelés.

— Ah! cher mignon, disait-il, si tu savais combien je t'aime! Jean mon amour, dis-moi que tu m'aimes.

Le baby fixait ses grands yeux noirs étonnés et un peu apeurés sur cet homme qui l'embrassait fièvreusement.

— Maman — veut aller maman, — balbutiait-il en essayant de se dégager et entendant les bras vers sa mère.

1

— Tu le vois, il ne m'aimera jamais mon fils, c'est l'autre qui aura toute sa tendresse.

— Embrasse le monsieur, mon chéri, fit Régina ; le baby tendit la joue, de Tressac le serra sur son cœur, puis, le posant à terre, il se mit à jouer avec lui, il fit mille folies pour l'amuser, et lorsque le petit Jean, reconnaissant, lui entourait le cou de ses petits bras, la figure du jeune homme s'illuminait de joie. — Vois, Régina, comme il est content, je crois qu'il m'aime un peu le cher mignon !

La jeune femme les enveloppait tous les deux d'un tendre regard, il était facile de voir que ces deux êtres possédaient tout son cœur.

Mais l'heure marchait. — Assez, fit-elle, ne l'embrasse plus ainsi, miss Lucy va venir et ces vieilles filles ont une clairvoyance étonnante.

Il reprit son chapeau, s'assit en face de la marquise, et la gouvernante le retrouva dans une attitude froide et correcte.

Et elle ne put voir le nuage de tristesse qui lui assombrit le front, lorsque la porte se fut refermée sur elle et sur l'enfant.

Régina s'en aperçut. Je suis jalouse, je crois que tu aimes encore plus notre fils que moi.

— L'aimer plus que toi est une chose impossible, je t'aime plus que ma vie, plus que mon âme ; mais j'aime autant que je t'aime cet être né de notre ardente tendresse, ce fruit vivant créé par notre amour; tu parlais de jalousie... si tu savais combien est âpre et violente la jalousie qui me tourmente?

— Tu es jaloux toi? fit-elle d'un air étonné, — tu sais pourtant bien que mon cœur est tout à toi, rien qu'à toi.

— Mais ton corps!... crois-tu que lorsque le soir je suis seul chez moi en songeant que *lui* est auprès de toi, une rage sourde ne me torture pas le cœur, et s'il rentrait à présent... que ferait-il, sans se gêner pour moi? il t'embrasserait, je devrais refouler ma colère, lui faire bonne figure, comprends-tu cette torture? Non content de me voler tes baisers il me vole les caresses de mon fils, il aura son affection, et moi son père je ne serai jamais qu'un étranger pour mon enfant; cette situation, vois-tu, est intolérable, elle me tue, elle me rend mauvais, je me sens pris de rages folles contre cet homme.

— Que veux-tu que j'y fasse, mon Henri, je souffre autant que toi de cet odieux partage, mais hélas c'est fatal, c'est le résultat de notre situation, nous ne pouvons pas la changer.

— Ah! si tu voulais!

Il s'agenouilla devant elle, prit une de ses mignonnes mains dans les siennes.

— Que ferions-nous, Henri?

— Nous fuirions au bout du monde.

— Tu es fou, et notre enfant?

— Je vous enlèverai tous les deux, nous irions nous cacher dans quelques coins inconnus, où nous vivrions dans la retraite, tout à notre amour.

La marquise de Salvedro aimait bien son amant, mais elle adorait Paris, elle avait besoin pour être heureuse des adulations que le monde adressait à sa beauté... fuir! se trouver dans une situation fausse, renoncer à ce titre de marquise qui flattait son orgueil, vivre dans la retraite! jamais, jamais, pensait-elle, et son front se plissait, un éclair de colère jaillissait de ses grands yeux noirs.

— Tu es fou, oui en vérité tu es fou Henri, est-ce qu'il y a depuis la vapeur et le télégraphe des coins inconnus dans l'univers? le marquis saurait bien nous retrouver, il nous tuerait sans pitié.

— Eh bien! tant mieux, j'aime encore mieux la mort que cette position intolérable d'amant ne pouvant posséder seul son adorée, et de père à qui on vole son fils.

— Nous morts, que deviendrait notre petit Jean? Il baissa la tête...

— Tu as raison Régina, je suis fou.

— Tu es comme ces enfants gâtés, qui, lorsqu'ils ont obtenu tout ce qu'ils désiraient, demandent les étoiles.

— Pardonne-moi, je serai raisonnable.

— Il baisait ses mains, il était toujours agenouillé devant elle ; ils étaient ainsi placés, qu'elle faisait face à la porte tandis que lui, lui tournait le dos.

Soudain, la porte s'ouvrit doucement, Régina devint livide, le marquis de Salvedro debout sur le seuil, un revolver à la main, les contemplait d'un air farouche.

La terreur de la jeune femme ne dura qu'une seconde ; avec cette merveilleuse présence d'esprit que possède la femme, elle se leva, eut le courage de rire, et d'une voix qui tremblait à peine. — Mon cher vicomte, dit-elle, c'est aux genoux de mon mari, et non aux miens que vous devez vous traîner, il est son tuteur et moi je n'ai aucune influence sur ma belle nièce.

Henri de Tressac s'était relevé brusquement, il avait cet air bête qu'a toujours l'amant surpris par le mari.

Régina, souriant, et feignant de ne pas voir le revolver que du reste le marquis a ait laissé glisser dans sa poche, ni de remarquer son air furieux : Regarde donc, Rénold, fit-elle gaiement, ce pauvre de Tressac, il est embarrassé et confus comme si c'était un crime d'aimer ta nièce.

Le marquis fut complètement dupe de cet habile mensonge, sa figure devint joyeuse, et tendant la main au jeune homme.

— Et quoi ! mon cher ami, vous aimez Marcelle.

Henri de Tressac comprit qu'il y allait de l'honneur et de la vie de sa maîtresse ; il devait donc saisir à deux mains la perche qu'elle lui tendait.

— Je l'adore, fit-il en balbutiant de rage de se voir contraint de mentir.

— Pourquoi ne m'avez-vous pas parlé de votre amour ?

C'est que ! fit la marquise, répondant pour lui afin de lui donner le temps de se remettre, le vicomte croit que Marcelle ne l'aime pas, il m'implore, il me supplie de parler à ta nièce, de me faire son avocat, voilà un mois qu'il vient pleurer à mes pieds, tout comme si j'étais une fée pouvant éveiller dans le cœur de Marcelle un amour égal à celui qu'il lui porte. Elle riait, elle était gaie ; oh les femmes, elles ont une puissance de dissimulation effrayante !

— Comment pouvez-vous rire, marquise, n'auriez-vous pas de cœur?...

— Et quoi ! vicomte, voudriez-vous que je pleurasse parce qu'il vous plaît d'adorer Marcelle ?

— D'abord, je vous ai confié mon amour comme un secret, et vous me trahissez, je crains la sévérité du tuteur, et pour plaider ma cause auprès de lui, je voulais être certain que je ne suis point tout à fait indifférent à mademoiselle de Morénos.

— Ma foi, vicomte, je ne vous dissimulerai pas qu'il est très heureux que Régina m'ait avoué votre secret, sans quoi vous receviez une balle dans la tête, et ma chère Régina en recevait une en plein cœur.

Ils prirent un air étonné.

— Une balle dans la tête... parce que j'aime votre nièce, est-ce ma faute si je n'ai pu la voir sans l'adorer ?

— Eh ! mon cher vicomte, pouvais-je deviner que vous étiez aux pieds de ma femme par la simple raison que vous êtes amoureux de ma nièce ?

Régina éclata de rire... Mon cher vicomte vous avez failli tout simplement me faire assassiner; Rénold, apprenez-le, est jaloux mais jaloux comme défunt Othello.

— Oh marquis ! comment pouvez-vous supposer que j'oserais me permettre de...

— Je vous l'avoue franchement, j'avais cru remarquer que vous quittiez le cercle dès que j'étais bien installé à ma partie de billard, j'avais surpris quelques sourires narquois échangés par nos amis, — et alors...

— Alors vous arriviez tout doucettement pour nous tuer, c'est charmant... je le vois, ma vie tient à un fil, à un hasard comme celui-ci; cet amoureux de votre nièce se roulant à mes pieds pour que je plaide sa cause, m'expose à recevoir une balle dans le cœur. Ah! mon ami, vous avez en vérité une singulière façon de m'aimer.

Il sortit le revolver, le posa sur une table. Pardonnez-moi, Régina, je vous aime tant; il la serra sur son cœur.

Henri de Tressac se mordait les lèvres jusqu'au sang.

La marquise le voyait, elle se dégagea de l'embrassade conjugale, et prenant en main le revolver, voyons dit-elle ce joli bijou destiné au premier malencontreux hasard à m'envoyer dans l'autre monde. Elle l'examinait curieusement.

— Laissons ces vilains soupçons de côté, je tâcherai de me guérir de cette maudite jalousie qui vous déplaît. Alors, vicomte, vous désirez devenir mon neveu?

— C'est mon vœu le plus ardent.

— Je serai enchanté de vous voir devenir le mari de Marcelle.

— Hélas! je crois qu'elle ne m'aime pas.

— Lui avez vous parlé de votre amour?

— Je n'ai pas osé.

— Du diable si je vous aurais cru aussi timide que cela.

— L'amour vrai rend timide les plus braves.

— Ceci est très vrai, mais vous êtes fort joli

garçon, les femmes, dit-on, raffolent de vous, vous êtes jeune, vous êtes riche, et je ne vois pas de raison en vérité pour que ma nièce ne vous aime pas.

— Elle paraît recevoir bien froidement les hommage que je rends à sa beauté et à son esprit lorsque j'ai le bonheur de me rencontrer avec elle.

— Je crains, dit Régina, que Marcelle n'ait laissé son cœur au Brésil.

— Je sais ce que tu veux dire, en effet, ma nièce a eu là-bas une affection enfantine, mais si cela avait été sérieux, après la mort de ma pauvre sœur au lieu de rester à Paris avec nous, elle serait retournée au Brésil où elle a un oncle, un frère de défunt son père.

Henri de Tressac, entrant dans son rôle, prit un air désespéré : elle en aime un autre, hélas ! me voilà voué à un amour sans espoir... pourquoi ne m'avez-vous pas dit cela, marquise ?

— Vous étiez déjà si triste ! et enfin, comme le fait remarquer mon mari, cette affection-là n'est peut-être que fraternelle.

— Attendez, nous allons être fixés tout de suite, je monte chez ma nièce et je sonde son cœur avec delicatesse et habileté.

Tons les deux eurent un mouvement d'épouvante.

— Non... de grâce pas encore, s'écria de Tressac.

Le marquis de Salvedro le regarda avec sur-

2

prise. Quel singulier amoureux vous êtes, vicomte.

— Si elle allait vous dire que son cœur est déjà donné.

— Eh bien! nous serions fixés.

— Dans ce sens-là, je ne tiens pas à être fixé; songez donc qu'à présent, j'ai au moins l'espérance.

— Il a raison, reprit Régina, peut-être vaut-il mieux ne rien brusquer; maintenant que je sais que ce mariage a ton assentiment, je parlerai souvent du vicomte à Marcelle, nous nous arrangerons pour qu'ils se rencontrent journellement.

— Non, j'aime moi les positions nettement posées, du reste, je serai diplomate, je ne vais pas aller dire à ma nièce : le vicomte Henri de Tressac t'aime, veux-tu l'épouser, je vais causer avec elle, et habilement je ferai venir la conversation sur le mariage, je verrai ce qu'elle a dans le cœur.

Prenant son chapeau, il sortit du salon en disant : Fiez-vous à moi, de Tressac, je suis très fin diplomate.

Lorsqu'ils furent seuls, ils échangèrent quelques paroles banales destinées à l'indiscret qui eu aurait la pensée d'écouter aux portes.

Puis Régina prit un album, elle l'ouvrit à la page où se trouvait le portrait de sa nièce. — Tu seras dans ton rôle, tu auras l'air d'admirer son image.— Pour qu'il soit rentré ainsi à l'improviste et un re-

volver en main, il fallait qu'il eût de graves soupçons, Henri.

— Sans ta présence d'esprit nous étions perdus,
mais que deviendrions-nous, s'il allait persuader à
sa nièce qu'elle doit m'épouser ?

— Nous n'avons rien à craindre ; par quelques
mots que j'ai surpris de ses causeries avec cette
mulâtresse, sa sœur de lait, je sais qu'elle aime
toujours son camarade d'enfance. — Tu joueras le
désespoir, il sera tout naturel que tu viennes me
conter tes chagrins, nous serons prudents, je n'irai
te voir que le matin à l'heure de la messe ; du reste,
si Rénold a eu des soupçons, je crois que la comédie que nous avons joué les a complètement dissipés.
— Les maris les plus jaloux se laissent encore assez
facilement mystifier, fit-elle en riant.

Laissons les deux complices s'applaudir de leur
habileté et précédons le marquis de Salvedro dans
le petit pavillon de son hôtel qu'occupait Marcelle
de Morénos . . . .

. . . .

. . . .

Marcelle de Morénos était la fille unique d'une
sœur de Rénold de Salvedro, mariée au Brésil,
veuve alors que sa fille était encore enfant ; elle ne
s'était pas remariée, elle s'était consacrée à Marcelle
à qui elle avait fait donner une instruction très

élevée et très soignée. Un an auparavant elle était venue à Paris, avec Marcelle, pour consulter notre savante faculté ; elle était morte deux semaines après son arrivée ; Marcelle était donc orpheline et elle vivait chez son oncle depuis la mort de sa mère. Sa fortune, qui était considérable, était gérée par un frère de son père habitant le Brésil.

Marcelle était artiste, elle avait un réel talent de peintre, elle avait transformé en atelier une des pièces du pavillon que son oncle lui avait cédé. — Les murs étaient couverts de tableaux de maîtres et d'études faites par elles, des bibelots de prix, des meubles anciens et des tapis de Perse ornaient cet atelier.

Marcelle de Morénos était grande, sa taille avait une élégance suprême, son teint avait une blancheur d'un mat chaud — une blancheur qui avait reçu les caresses d'un soleil tropical, — ses grands yeux noirs avaient un regard un peu hautain qui était tempéré par un sourire spirituel et bon ; par une bizarrerie de la nature, tout en ayant les yeux et le teint des brunes, elle avait une superbe chevelure d'un blond fauve, de ce blond ardent par place, brun par reflet, et qui paraît avoir lui aussi gardé l'empreinte des brûlants baisers du soleil.

Telle qu'elle était, cette jeune fille de vingt ans possédait un charme étrange, une séduisance irrésistible. Mais en l'examinant, on comprenait que c'était une nature énergique qui devait aimer avec fougue et haïr avec violence.

Elle aimait tendrement son oncle, mais Régina lui avait inspiré une indifférence qui frisait l'aversion; aussi la voyait-elle peu; elle prenait prétexte de son goût pour la peinture pour s'enfermer dans son atelier et ne voir qu'aux heures des repas la marquise de Salvedro.

Sa compagne fidèle, celle qu'elle aimait d'une tendre amitié et qui avait pour elle une affection sans borne, une de ces affections de bons chiens de terre-neuve toujours prêts à vous défendre et à mordre à belles dents celui qui oserait vous toucher, c'était sa sœur de lait, Carmen, une mulâtresse fort belle avec ses traits fins, sa bouche aux lèvres épaisses et d'un rouge vif et ses yeux dont la prunelle nageait dans un blanc légèrement bleuâtre.

Les deux jeunes filles causaient. Carmen, allongée gracieusement sur un canapé, posait; Marcelle essayait de faire son portrait.

— Dis-moi, sœur, ne retournerons-nous pas bientôt dans notre chère patrie?

— Paris est une splendide ville, Carmen.

— C'est possible, moi je ne l'aime pas.

— Tu aimes trop l Brésil, tu es injuste envers la France.

— Et toi, sœur, tu oublies trop notre patrie, tu ne songes pas assez à Georges de Sirvanos.

— Ne me parle plus de lui.

— Ingrate, il t'aime tant! et il doit être être bien triste de ton absence, tu l'aimais bien pourtant jadis.

— Oui, et je l'aime toujours, mais ce que j'avais pris pour de l'amour n'était qu'une franche amitié, à présent, je le comprends.

— Alors, c'est que tu en aimes un autre?

— Eh bien! oui, pourquoi aurais-je un secret pour toi, mon amie, ma sœur... j'en aime un autre et cette fois-ci, c'est bien de l'amour.

— Oh! pauvre Georges, pauvre Georges, comme il va souffrir!

La mulâtresse essuya des grosses larmes qui perlaient au bout de ses longs cils, et murmura encore: Pauvre Georges!

Trois petits coups discrets frappés à la porte interrompirent la conversation des jeunes filles. Carmen, qui posait presque nue, se sauva dans une chambre donnant dans l'atelier. Marcelle ouvrit la porte.

C'était le marquis de Salvedro qui venait remplir sa mission diplomatique.

Après l'avoir embrassée, il se mit à considérer

l'œuvre qu'elle venait d'ébaucher. Sais-tu, Marcelle, que tu es une grande artiste.

Si vous pensiez cela, mon oncle, vous auriez dit un grand artiste, ce mot n'a pas de féminin.

— Disons que tu es une peintresse de grand talent, et je le regrette presque.

— Pourquoi ?

— L'art t'absorbe trop, et tu oublies tes vingt ans passés.

— Non, je sais que bientôt je serai une vieille fille.

— Ou une jeune femme.

— Oh ! le mariage me tente peu.

— A ton âge, on ne proteste contre le mariage que si l'on a un amour malheureux au cœur.

— Elle rougit un peu, se pencha pour ramasser un pinceau afin de cacher son trouble.

— Moi, je connais quelqu'un joliment féru d'amour pour toi, et si je lui disais que tu veux rester vieille fille, il serait capable de se brûler la cervelle.

Elle devint toute pâle, et fixant sur lui un regard anxieux :

— Vous connaissez un homme m'aimant à ce point ?

— Oui, et c'est un charmant garçon, il a un beau nom, et il est riche.

— Il se nomme ?

— Ne devines-tu pas son nom ?

— Pas le moins du monde.

— Coquette, va ! Eh bien! il se nomme le vicomte Henri de Tressac.

Elle devint d'une pâleur livide... lui... lui... il m'aimerait... non, non, c'est impossible.

— Impossible! et pourquoi?

— Qui vous a parlé de son amour pour moi?

— Lui-même, en me demandant ta main.

— Ma main... il m'aime donc. Ah! quel bonheur! Et elle sauta au cou de son oncle qui, comme on le voit, n'avait pas eu besoin de déployer beaucoup de diplomatie, pour être fixé.

— Bravo! bravo!... Alors tu l'aimes aussi?

— Si je l'aime! mais de toute mon âme.

Ce que c'est pourtant que de s'entendre... et lui qui se désespérait, te trouvant froide et indifférente.

— Je m'efforçais de lui cacher l'impression profonde qu'il avait faite sur moi, croyant qu'il ne m'aimait pas.

— Il se mourait d'amour, ma chère... Alors, tu l'autorises à te faire sa cour.

— Si mon tuteur le permet, fit-elle en souriant.

— Je le permets avec un plaisir extrême, je dois t'avouer que le vicomte de Tressac est le neveu de mes rêves.

— S'il en est ainsi, fit-elle avec une gaieté malicieuse, mon tuteur me pardonne d'avoir disposé de mon cœur sans son assentiment ?

— Oui mademoiselle, je vous absous de cette grave faute, et je vais m'empresser de dire au vicomte qu'il peut cesser de gémir et de se lamenter, car il sera ton heureux mari.

Régina, pendant que ceci se passait dans l'atelier de Marcelle, s'applaudissait encore de sa ruse avec son complice ; tous deux, avec une méchante gaieté, riaient d'avoir ainsi mystifié ce mari jaloux.

Mais en voyant revenir le marquis de Salvedro, l'air satisfait et la figure rayonnante, ils échangèrent un regard épouvanté.

— Et bien ! fit Régina.

— Devinez, mes amis ! ce que c'est pourtant que de s'expliquer !

Les deux coupables se sentaient blêmir, Régina s'appuya au dossier d'un fauteuil, Henri y voyait rouge.

— Allons, mon cher, neveu dans mes bras, vous êtes aimé et depuis bien longtemps... il s'avançait vers le jeune homme, qui instinctivement se recula... et quoi ! c'est ainsi que vous recevez cette bonne nouvelle ?

De Tressac se résigna à recevoir l'embrassade de sa victime et il balbutia une phrase, parlant de la surprise, de l'excès de bonheur.

Régina eut le courage de sourire tandis que ses mains crispées pétrissaient le dossier du fauteuil.

— Alors Marcelle sans s'en douter aimait le vicomte, fit-elle.

— Eh! ma chère, elle l'adorait en toute connaissance de cause, elle se montrait froide avec lui pour dissimuler sa tendresse qu'elle s'imaginait être non payée de retour. — Comme j'ai raison moi d'être pour les situations franches, — si je ne lui avais pas parlé, les pauvres amoureux se seraient désespérés longtemps encore.

Du reste, mon cher vicomte, vous êtes autorisé à faire votre cour, et tenez, restez à dîner avec nous, et vous la commencerez dès ce soir.

— Non... non... merci, pas ce soir; je suis si ému, si troublé que je serais d'un bête achevé.

— De fait, le bonheur vous a bouleversé, vous êtes blême.

— Oubliez-vous, dit Régina, que madame de Girardin nous a prouvé que le bonheur fait mal.

— C'est vrai, décidément je ne sais pas être diplomate, je vous ai jeté ce bonheur brutalement à la tête... Allez prendre l'air, habituez-vous à cette vérité que vous serez l'heureux époux de Marcelle et venez dîner demain soir avec nous.

Comme il prenait congé... allons, Régina, embras-

sez votre neveu, fit gaiement le marquis de Salvedro.

— Mon cher neveu, murmura Régina, embras-
sons-nous, — elle appuya ses lèvres froides et crispées sur le front perlant de sueur glacée d'Henri de
Tressac.

— Vous le voyez, lui dit-elle, j'ai gagné votre cause
sans avoir à la plaider.

Nous causerons des affaires d'argent lorsque vous
serez revenu au calme, mon bel amoureux, — et à
demain cher neveu. Il donna une chaleureuse poignée de mains au jeune homme qui s'inclina devant
Régina sans avoir la force de dire une parole.

Le marquis le reconduisit jusqu'à l'antichambre,
en riant et en le plaisantant sur sa grande émotion.

Régina était à bout de force, les sanglots l'étouf-
faient, ses mains se crispaient, elle se laissa tomber
dans un fauteuil, et elle donna libre carrière à ses
larmes.

Son mari, en rentrant dans le salon, demeura
bouche bée devant cette douleur... Un soupçon lui
revint... l'avait-on mystifié... ce prétendu amour
pour Marcelle n'était-il qu'un mensonge habilement inventé! sa figure refléta ces sombres pensées;
il eut un air farouche en disant. — Que signifient
ces larmes, Régina?

Elle souffrait horriblement, et elle, la coupable,

l'épouse adultère, elle se disait que c'était sa faute à lui... que, s'il n'avait pas parlé à Marcelle aussitôt, tout se serait arrangé, elle éprouvait le besoin de se venger, de le faire souffrir.

Elle essuya ses yeux ; la colère sèche les larmes ; je pleure, dit-elle, mon bonheur perdu.

— Que veux-tu dire ?

Je veux dire que je ne saurais supporter l'humiliation que vous m'avez imposée, vous n'avez pas confiance en moi, vous me méprisez, on ne saurait aimer celle que l'on méprise. Demain j'entrerai dans un couvent.

— Est-tu folle... te mépriser, toi que j'adore.

— Que pensez-vous que va se dire celui qui va devenir votre neveu.

— Que veux tu qu'il se dise ?

— Je vais vous le dire moi, ce qu'il se dira, ce qu'il se dit : Pour qu'un homme d'esprit, pour qu'un homme de bon sens comme le marquis de Salvedro, soit arrivé revolver à la main ; pour qu'il se soit figuré sans preuve ni indice que je pouvais être l'amant de sa femme, il faut que Régina de Salvedro soit une femme légère, sans honneur et n'aimant pas son mari... et cet homme qui va devenir le mari de votre nièce me méprisera, il apprendra à sa femme à me mépriser...

Elle se remit à sangloter — ces mots qu'elle ve-

vait de prononcer, *sa femme,* irritaient sa douleur.

Le marquis de Salvedro courba la tête, il se sentit fautif... il pensait qu'il avait eu tort de se laisser
aller à soupçonner sa femme bien-aimée.

— J'étais fou ma Régina, il faut me pardonner, il
se mit à genoux devant-elle et voulut lui prendre la
main ; elle la retira... fou... vous l'êtes en vérité
Rénold, mais votre folie m'expose à passer pour une
femme pouvant oublier ses devoirs... et elle m'expose encore à être assassinée par vous, je veux me
garer de ces deux dangers.

— Tu es cruelle, est-ce ma faute si je t'aime jusqu'au délire.

— Ce n'est pas une raison pour me soupçonner
injustement.

— Mets-toi à ma place ; cet étourdi de Tressac
attendait mon arrivée au cercle, il avait l'air de
guetter le moment où j'étais bien entrain de caram-
boler pour s'esquiver ; d'abord ceci ne m'a donné
aucun ombrage, mais hier je surprends des regards
railleurs se fixant sur moi, de ces regards où la pitié se mêle à la moquerie... Aujourd'hui, après son
départ je surprends quelques mots dit à voix basse
par Toulongeon, de ces mots je devais conclure que
de Tressac était ton amant et qu'il profitait du moment où j'étais absorbé par le billard pour venir te

3

voir... j'ai vu rouge... suis-je si coupable, ma chérie ?

— Non, puisqu'il en est ainsi, mais le vicomte de
Tressac est un grand coupable lui, comment a-t-il
eu la légèreté de se conduire de façon à pouvoir
compromettre celle dont il aspirait de devenir le
neveu ?

— Il est jeune, il est amoureux, il n'a pas réfléchi... Marcelle l'aimant et l'épousant cela fera comprendre à ces messieurs du cercle qu'ils avaient eu
tort de soupçonner ta vertu — et à ce point de vue
surtout je suis ravi que Marcelle ait de l'amour
pour lui ; dès demain, pour couper court à tous les
cancans, j'annoncerai au cercle le mariage de ma
nièce avec de Tressac — je ferai en sorte du reste
que ce mariage ne traîne pas, j'aime les choses qui
vont rondement, moi... tu t'en souviens mon adorée... je te vis, je fus ébloui, charmé, un mois
après tu étais ma femme... embrasse-moi, dis moi
que tu me pardonnes...

— Oui.. mais je suis brisée, j'ai dû me con-
traindre devant le vicomte, sourire alors que j'étais
folle de douleur de voir que tu avais pu me soupçonner... je me sens un peu de fièvre et toute nerveuse... vous dînerez en tête à tête avec Marcelle,
moi je monte dans ma chambre.

Elle voulait chercher, à tête reposée, un moyen

pour empêcher ce mariage, pleurer à son aise, et enfin s'éviter le crève-cœur de voir celle qui allait devenir sa rivale, celle qui se permettait d'aimer son Henri.

II

LE SUPPLICE D'UN FIANCÉ

Régina ne dormit pas de la nuit.

C'était une femme ardente et passionnée, mais c'était aussi une mondaine; la vie brillante de Paris, la gracieuse réception qu'on lui avait faite aux Tuileries, ses succès mondains de jolie femme, étaient devenus des choses indispensables à son bonheur, elle les aimait avec la même passion qu'elle aimait Henri de Tressac.

De plus elle était de celles qui mettent l'estime au rang d'un joyau de grand prix, elle trahissait son mari sans scrupule, sans remords, mais elle ne ne voulait pas renoncer à la considération.

Fuir, aller se cacher dans un pays lointain, y vivre en tête à tête avec son amant... elle n'y songea pas une minute, car ceci aurait dédoublé son bonheur, elle n'aurait plus été la grande dame fêtée et considérée mais la simple concubine de Tressac.

En se rémémorant ce que son mari lui avait dit des cancans faits au cercle, elle comprit que si elle parvenait à faire manquer ce mariage un soupçon resterait dans l'esprit de Salvedro, et qu'alors il ne la quitterait plus, qu'il la ferait surveiller et qu'elle s'exposerait à une mort tragique en continuant à aller voir Henri de Tressac dans le nid qu'ils avaient capitonné pour leurs coupables amours.

Un frisson d'épouvante glaçait tout son sang à la pensée de cette mort horrible.

De plus ce mariage ne se faisant pas, les membres du cercle causeraient, elle serait compromise, et elle voulait rester belle et séduisante, drapée dans tout son prestige de femme irréprochable.

Elle prit une résolution suprême, ce mariage se ferait... Se résignerait-elle donc au partage? qui sait... peut-être se vengerait-elle de cette Marcelle qu'elle aimait peu hier, qu'elle détestait aujourd'hui.

Le lendemain matin son coupé la déposa devant l'église de la Madeleine; elle s'agenouilla une minute puis, traversant rapidement l'église, elle ressortit par la porte du côté droit; elle entra dans une maison de la rue de Sèze. Le vicomte de Tressac y avait pris un petit appartement au premier.

3.

C'était là où ils se donnaient rendez-vous, jugeant qu'il serait dangereux qu'elle allât dans son appartement officiel.

Il avait pris cet appartement sous le nom de son valet de chambre.

Il était venu l'attendre, pensant bien qu'elle viendrait se concerter avec lui sur ce qu'il y avait à faire pour sortir de cet impasse.

Elle le trouva dans un désespoir extrême, il était affolé de la situation dans laquelle il se trouvait.

C'était un galant homme, il ne pouvait se faire à l'idée d'épouser sans amour une jeune fille qui 'aimait, il comprenait qu'il commettrait une faute, un crime même en condamnant cette belle jeune fille à vivre sans être aimée, il sentait tout ce qu'il y avait de déloyal à la sacrifier à Régina.

Dès que Régina fut entrée chez lui, il se jeta à ses pieds. Je t'en conjure, fuyons, à présent que nous y sommes forcés ; en refusant d'épouser Marcelle, je vais prouver à ton mari que nous nous sommes joués de lui. Moi, je ne crains pas la mort, mais je ne veux pas qu'il te tue.

— Fuir! j'y ai bien pensé toute la nuit, mais vois-tu, mon ami, le scandale m'épouvante... comme je te le faisais remarquer hier, à notre époque il n'y a point de coins ignorés, mon mari mettrait tout un monde d'agents à notre recherche.

Nous pourrions aller dans un état de l'Ouest américain nous faire naturaliser sujets des États-Unis, insinua-t-il.

— C'est un rêve, nous serions pris à notre débarquement, et enfin que dirai-je à Jean, lorsqu'il sera en âge de comprendre? comment lui expliquer pourquoi il porte un nom qui n'est pas le tien ? il nous faudrait rougir devant notre fils, je te l'avoue, je ne me sens pas ce courage, j'aimerais mieux mourir.

— Mais que faire ? s'écria de Tressac en se tordant les mains de désespoir.

— Accepter courageusement ce malheur.

— Alors, tu ne m'aimes plus, tu me jettes Marcelle à la tête en guise de consolation ?

— Tu es cruel, ne vois-tu pas combien je souffre, est-ce ma faute si ce mariage est pour nous une question de vie ou de mort !

Elle se jeta dans ses bras, l'embrassa avec frénésie ; pendant une demi-heure ils se donnèrent des baisers ardents et enfiévrés.

Puis, froidement, ils décidèrent qu'il fallait mener jusqu'au bout cette déloyale comédie.

En le quittant, elle lui promit de se dire malade et de ne pas assister au dîner du soir. Son amant ui jurait qu'elle présente, il se trahirait, et qu'il ne pourrait pas se montrer galant et empressé avec Marcelle.

Le mariage était accepté en principe avec horreur par de Tressac, avec une douloureuse résignation par Régina.

Mais il fut aussi convenu que le jeune homme, tout en jouant son rôle de futur d'une façon convenable ferait montre d'un caractère bizarre, qu'il ferait écrire des lettres anonymes contre lui, afin d'amener Marcelle à rompre d'elle-même. Il se promit aussi d'accuser au marquis de Slavedro une fortune inférieure à celle qu'il possédait et cela, dans le but d'essayer de le dissuader lui tuteur, de consentir à ce mariage.

Régina, l'heure du dîner venue prétexta une forte migraine; elle y était sujette, son visage portait les traces des émotions terribles par lesquelles elle venait de passer. Son mari n'eut aucun doute, il crut à une migraine, et comme il savait que le calme, la solitude et le sommeil étaient les seuls remèdes efficaces, il trouva tout naturel qu'elle ne descendît pas au salon et qu'elle restât enfermée dans sa chambre.

Marcelle était radieuse, elle aimait de Tressac comme aiment ces femmes nées sous les tropiques, et qui semblent avoir dans la tête, dans le cœur et dans le sang une flamme ardente, une parcelle du soleil de leur patrie. Pour ces femmes là, aimer, c'est vivre, ne pas être aimée, c'est l'étiolement et la mort.

Elle avait été attirée vers ce grand jeune homme pâle, aux yeux bleus, à la chevelure blonde, par l'amour du contraste ; elle venait du Brésil, elle n'avait vu que des hommes bruns et bronzés. De Tressac lui parut posséder le type de la beauté fine et poétique.

D'abord, elle l'avait admiré en artiste, puis, elle avait remarqué que ce regard bleu avait des effluves de passion, elle s'était sentie troublée en tout son être par ces grands yeux bleus, et captivée par l'esprit très parisien du jeune homme.

Sans qu'elle s'en aperçût, un amour violent avait pris possession de son cœur ; lorsqu'elle se rendit compte de ce qui se passait en elle, elle comprit que le sentiment que lui avait inspiré son ami d'enfance Georges n'était qu'une affectueuse tendresse, et que cette fois-ci l'amour se révélait à elle. Mais elle comprit aussi que Henri de Tressac ne l'aimait pas. Une sombre mélancolie s'empara d'elle, elle ne voulut plus le voir, voulant essayer de l'absence pour guérir son cœur ; c'est pourquoi elle restait enfermée dans son atelier, et ne descendait qu'aux heures des repas chez sa tante.

En s'apercevant que son cœur ne pouvait oublier l'ingrat qui ne devinait même pas combien il était aimé, une grande désespérance s'était emparée, d'elle. Se voir condamner à une vie privée des charmes de l'amour lui paraissait cruel.

Et voilà qu'au moment où elle espérait le moins, son oncle était venu lui annoncer qu'elle était aimée !

Elle allait devenir la femme de son adoré !

Elle se sentait envahie par une joie intense qui rayonnait sur son visage et augmentait tellement sa beauté, que lorsqu'elle entra dans le salon, où son oncle et de Tressac l'attendaient, les deux hommes remarquèrent cette sorte de rayonnement que le bonheur avait mis sur son front.

— Pauvre fille, se dit de Tressac, elle ne se doute guère qu'en m'aimant et en consentant à m'épouser elle signe son arrêt de malheur.

— Comme elle l'aime, pensa son oncle, et joyeusement il prit la main de la jeune fille et la mettant dans celle de Tressac. Allons, mes enfants, vous serez heureux, j'en ai la conviction, et par ma foi vous ferez un beau couple. Donnez-vous la main.

Elle rougit beaucoup, sa main tremblait. De Tressac la porta à ses lèvres.

— Mademoiselle, lui dit-il, excusez-moi si je ne vous dis pas tout ce qui se passe dans mon cœur, la parole est un mauvais interprète des choses du cœur, laissez-moi seulement vous dire merci de vouloir bien m'accorder le droit d'essayer de vous faire comprendre ce que j'éprouve pour vous.

— Elle était émue, elle balbutia quelques mots ; le marquis de Salvedro, pensant les mettre à l'aise et permettre à leur émotion de se calmer, se mit à dire en riant d'un bon rire bien franc :

— Tu ne sais pas, Marcelle, que l'amour que tu as inspiré au vicomte m'a rendu, pendant trois jours, le mari le plus malheureux du monde.

— Comment cela mon oncle ?

Le marquis lui conta la scène de la veille.

Marcelle devint pensive... elle aussi avait eu jadis le soupçon que Tressac faisait la cour à sa tante, et elle s'était prise à haïr presque la marquise de Salvedro.

Elle fixa un regard profond et inquisiteur sur Henri de Tressac.

Celui-ci comprit la signification de ce regard, le danger devenait plus grand, il s'agissait de jouer serré... il soutint hardiment ce regard, il se mit à plaisanter gaiement... et précédant Dumas fils, il posa ce problème : — Faut-il tuer ou faut-il ne pas tuer l'épouse coupable ?

— Moi, dit de Salvedro, je n'ai pas besoin de vous donner mon opinion. Si je n'avais pas acquis hier la conviction que c'était Marcelle que vous aimiez et non ma femme, vous étiez un homme mort et la marquise ne serait plus de ce monde.

— Je comprends qu'on tue l'homme sans pitié aucune, répondit le vicomte, mais selon moi la femme même coupable doit être sacrée pour nous... quel est votre avis, mademoiselle Marcelle?

— Si mon époux me trompait je le mépriserais trop pour le tuer.

— Ah... tu es encore plus jalouse que moi, car donner la mort à la parjure c'est l'aimer toujours... riposta le marquis. Un valet de chambre, en venant annoncer que le dîner était servi, mit fin à cette singulière conversation, pour un jour qui était presque un jour de fiançailles.

Le dîner fut très gai. Henri de Tressac avait beaucoup de brio, son esprit était de ceux qui moussent comme le champagne et qui éclatent en fusées. Marcelle avait l'esprit fin, insicif, elle lui tenait tête, elle ripostait avec verve, elle était si heureuse que la joie débordait d'elle en mots charmants, en paradoxes spirituels.

Le marquis de Salvedro les écoutait, les admirait; comme ils s'aiment se disait-il, et quel mariage bien assorti ce sera !

Henri de Tressac buvait force coupes de champagne pour se donner le courage de jouer son rôle ; il souffrait cruellement en son cœur. D'abord il pensait à Régina, à son aimée qui, la haut, enfermée dans sa chambre, devait être mortellement triste, puis sa conscience lui criait que le rôle qu'il jouait était indigne d'un galant homme. Abuser cette belle jeune fille, lui laisser croire à son amour alors qu'il n'éprouvait qu'une parfaite indifférence pour elle, et que sa beauté même ne le troublait nullement, c'était odieux.

Et pour imposer silence à sa conscience, il vidait une coupe de champagne et il donnait carrière à son esprit brillant.

Cette soirée enleva au marquis de Salvedro jusqu'à l'ombre d'un soupçon.

Elle donna à Marcelle la fausse assurance qu'elle était aimée.

Elle désespéra Henri de Tressac en lui faisant comprendre toute la violence du sentiment qu'il avait inspiré à la jeune fille.

Il n'avoua que la moitié de sa fortune à l'oncle tuteur, celui-ci la trouva plus que suffisante, Marcelle étant très riche n'avait point besoin d'un mari archi-millionnaire.

Il fit envoyer des lettres anonymes, elles furent jetées au panier sans être lues.

Il se montra original, fantasque et bizarre, Marcelle déclara que ces défauts lui semblaient trois qualités inappréciables car elles mettaient de l'imprévu dans la vie ordinairement terne et un peu monotone.

Il fallait donc que ce mariage se fît.

Henri de Tressac devait se montrer amoureux et empressé pour celle qu'il se mettait à haïr, oui il prenait Marcelle en haine à présent : sans sa sotte fantaisie de m'aimer, se disait-il, je ne me trouverais pas dans cette cruelle obligation de l'épouser tandis que j'appartiens cœur, corps et âme à ma chère Régina.

Régina souffrait un martyre ; elle n'avait pas pu prolonger son prétexte d'indisposition, elle devait assister aux visites de celui qui était devenu le fiancé officiel de Marcelle, en voyant son Henri jouer sa comédie, parfois une âpre jalousie lui mordait le cœur, elle se figurait qu'il s'était épris de cette belle jeune fille et qu'il était de bonne foi en lui faisant la cour, elle souffrait, son beau visage reflétait cette souffrance, de Tressac s'en apercevait. Alors il lui prenait une envie folle de crier à la jeune fille : « Mais je vous hais, mais ne le comprenez-vous donc pas ! » et de tomber ensuite aux pieds de sa maîtresse et de lui dire devant tous toutes les folies que lui soufflait son ivresse amoureuse.

Le marquis de Salvedro, leur rendait encore la situation plus intolérable, il était là, toujours là — il se sentait heureux d'assister à ce poème d'amour.

Pendant que le vicomte causait avec sa fiancée, lui, assis tous près de sa femme, lui refaisait aussi sa cour, il lui volait un baiser furtivement, il chuchotait à son oreille des choses qui la mettaient au supplice. Elle en était réduite à voir son amant occupé d'une autre, et à subir la recrudescence de l'amour conjugal, qui lui faisait horreur depuis qu'elle s'était donnée à de Tressac.

Lorsque le jeune homme apercevait ce mari murmurant des tendresses ardentes à sa femme, il avait de la peine à maîtriser sa nature jalouse et violente... avec quel bonheur il aurait étranglé ce pauvre marquis !

— Marcelle demanda à son fiancé de poser ; elle avait désiré faire son portrait.

Il accepta avec empressement ; en posant il devrait se taire, il ne serait donc pas obligé de se faire violence pour lui dire des tendresses.

Régina fut heureuse de pouvoir se soustraire aussi au supplice d'entendre son amant dire des choses aimables à cette Marcelle haïe, car elle se sentait prise d'une haine farouche envers elle... pourquoi l'a-t-elle aimé, se disait-elle... c'est son malencontreux amour qui fait mon malheur, eh bien ! je me vengerai, je garderai mon amant et elle souffrira de se voir délaissée.

Salvedro, n'osait pas monter dans l'atelier dans

la crainte que son bavardage empêchât le jeune homme de bien poser.

Mais les fiancés avaient pour chaperon Carmen, la mulâtresse, qui restait accroupie dans un coin pendant toute la durée de la pose, et qui jetait des regards farouches sur Henri de Tressac, qu'elle détestait de toute son âme.

Parfois, lorsque le jeune homme était parti et qu'elles étaient toutes les deux seules, Carmen disait : « Ainsi c'est décidé, Marcelle, tu vas épouser ce vilain homme ? »

— Il est beau, très beau, pourquoi l'appelles-tu vilain homme, ma sœurette ?

— Si sa figure est belle, son âme est noire, je sens qu'il ment et qu'il ne t'aime pas.

— S'il ne m'aimait pas pourquoi m'épouserait-il?

— Je ne sais pas, moi, mais ce que je sais fort bien c'est que Georges t'aimait bien autrement, lui !

Marcelle se fâchait, ce nom faisait naître un remords dans son cœur, prenant pour de l'amour une vive affection; avant de quitter le Brésil, elle avait en effet promis à Georges d'être un jour sa femme. Je ne veux plus que tu me parles de lui disait-elle, pourquoi troubler mon bonheur présent, par un chagrin, c'est méchant Carmen, car enfin, j'ai de l'amitié pour Georges, et je suis désolée en songeant que ce qui fait mon bonheur fera peut-être son malheur.

— Tu peux dire que ton mariage causera sa mort.

— Tu me tourmentes à plaisir, voilà quatre mois qu'il ne m'a pas écrit, de son côté il s'est peut-être aperçu que ce qu'il prenait pour de l'amour n'était qu'une affection sincère.

La mulâtresse secouait sa tête crépue. Non, lui t'aimait d'amour, moi, je ne pouvais m'y tromper, sœur.

Laissons ce sujet, Carmen, j'aime Henri de Tressac et tu dois l'aimer puisque je l'aime.

— Moi je le hais, et toujours je le haïrai.

Marcelle, voyant l'entêtement de cette fille, changeait de sujet de conversation.

Régina, sous prétexte d'aller essayer des toilettes, sortait tous les matins, et elle se rendait rue de Sèze, où son amant l'attendait.

Réunis dans leur petit nid, les deux amants, surexcités par la crainte, aiguillonnée par la jalousie, se livraient à tous les transports de la passion.

— Jure-moi que tu ne l'aimeras jamais, jure-le moi ! répétait à chaque instant Régina.

— Je te jure que je commence à la haïr autant que je t'adore ! répondait de Tressac.

— Oh ! moi aussi, je le hais de tout mon âme,

4.

lorsque je pense qu'elle sera ta femme, ta *femme*, comprends-tu?

— Oui, comme lui est ton mari... oh quelle torture! t'aimer comme je t'aime et ne pouvoir être tout à toi, et devoir me dire que tu n'es pas toute à moi, car il t'aime follement lui!

— Hélas! murmurait-elle en rougissant.

La pensée ne leur venait plus qu'ils sacrifiaient Marcelle à leur sécurité, et qu'ils commettaient une fort méchante action, ils la détestaient pour le mal qu'ils lui faisaient, — cette chose monstrueuse n'est pas rare.

Les amoureux sont des égoïstes féroces! ceux-là tout en déshonorant un galant homme, en s'apprêtant à faire le malheur d'une jeune fille, — maudissaient leurs victimes et ne parlaient que de leur infortune.

Le marquis de Salvedro paraissait désireux que le mariage se fît promptement. Marcelle, bien loin de protester, se montrait timidement de l'avis de son oncle.

Henri de Tressac ne pouvait pas, sans inconvenance, être seul à demander qu'on ne le hâtât pas. Du reste faire sa cour lui imposait un tel supplice qu'il finit par préférer, lui aussi, voir terminer cette horrible situation.

L'hôtel mitoyen avec celui des Salvedro était à

vendre; il en fit l'acquisition, il le fit meubler avec un luxe inouï. Régina, rendue jalouse encore plus, par ce luxe déployé, lui disait sans cesse... Tu l'aimes... elle est plus belle et plus jeune que moi, tu l'aimes !

— Es-tu folle ! lui répondait-il, je la déteste, mais je veux faire les choses en galant homme, et enfin, je lui prodigue mon or, ne pouvant ni ne voulant lui donner mon cœur.

Les jardins étaient aussi mitoyens sur la demande de Salvedro; une porte fut ouverte dans le mur afin de faire communiquer les deux jardins, c'était bien naturel, disait-il que l'oncle et le neveu pussent se visiter sans sortir dans la rue.

Régina, sous prétexte de conseil à donner, allait souvent dans l'hôtel de Tressac.

Elle voulut absolument le faire installer à son idée.

Elle mit la chambre de Marcelle au premier, — elle se trouvait entourée par son petit salon, par un cabinet de toilette et par la chambre de Carmen.

L'appartement d'Henri de Tressac fut placé aussi loin que possible de celui de sa femme.

Ensuite elle lui fit installer son cabinet de travail au rez-de-chaussée; il y avait à côté une chambre avec un lit de repos.

— Cette chambre sera ta vraie chambre, l'autre ne sera que la chambre officielle, lui dit elle.

Elle fit faire l'atelier de Marcelle au second, loin, bien loin du cabinet de travail de son mari.

Le marquis de Salvedro trouvait tout naturel que sa femme prît soin de l'installation de sa nièce, il l'en remerciait même avec effusion.

De Tressac fit bien les choses pour la corbeille de noces : elle fut superbe, elle lui coûta plus de cent mille francs.

III

UNE SINGULIÈRE NUIT DE NOCES

Le marquis de Salvedro voulut donner une grande soirée pour la signature du contrat.

Marcelle était arrivée à Paris, il y avait un peu plus d'une année, accompagnant sa mère qui était malade, elle n'avait pas eu le temps de faire des visites. Sa mère était morte, très désespérée de cette mort, qui la faisait orpheline, Marcelle avait vécu retirée, chez son oncle ; elle ne descendait jamais au salon, lorsque sa tante avait du monde. Elle avait passé les quatorze premiers mois de son deuil, habillée tout de crêpe et sans aller ni aux théâtres, ni en soirées.

Les intimes seuls de la famille de Salvedro la connaissaient.

Marcelle était encore une étrangère ne sachant rien de la vie parisienne, et n'étant pas connue de cette société formant le tout Paris.

Elle avait quitté le deuil, le jour seulement où l'époque de son mariage avec Henri de Tressac fut fixée.

Régina, qui avait le cœur en rage, fit quelques observations contre cette soirée ; elle fit remarquer qu'on n'était qu'au mois d'octobre, beaucoup de personnes étaient encore hors Paris, et qu'on s'exposait à avoir peu de monde, ce qui jette une sorte de ridicule sur un salon.

Mais le marquis lui fit observer que la cour étant en ville le monde officiel s'y trouvait, que ce monde était bien plus leur monde que celui du noble faubourg Saint-Germain, qui seul était encore absent, prolongeant la saison dans ses châteaux pendant toute la durée des chasses.

Il déclara qu'il tenait absolument à présenter lui-même sa nièce à la société parisienne.

Ce qu'il ne dit pas, mais qui entrait pour beaucoup dans cette détermination, c'est qu'il avait encore sur le cœur les sourires narquois des membres de son cercle, et il avait hâte de leur prouver combien ils s'étaient trompés en le croyant un mari malheureux.

Les invitations furent lancées.

La soirée fut fixée au vingt octobre.

Le marquis de Salvedro veilla lui-même aux préparatifs de cette fête, l'hôtel fut transformé en serre chaude, partout des fleurs des tropiques, des arbustes rares, servant de cadre à des statues et à des objets d'art.

Le vingt octobre, l'hôtel éclairé à giorno présentait un aspect enchanteur.

Régina avait voulu que sa beauté fît pâlir celle de sa nièce qui était devenue une rivale détestée.

Elle avait longuement réfléchi sur le choix de sa toilette, enfin, elle s'était arrêtée à celle-ci : une robe en satin rose, couverte de points à l'aiguille ; sur la longue traîne, la dentelle était relevée, de distance en distance, par des fleurs naturelles de lilas blanc. Le tablier en points à l'aiguille était relevé sur le côté droit par une plaque en diamants.

Une rivière de diamant de cent mille francs, ornait son cou. Ses magnifiques cheveux noirs étaient maintenus par un peigne en diamants.

Faite comme la Vénus antique avec son teint qui, le soir, prenait aux lumières un éclat extraordinaire, Régina, ainsi parée, était d'une beauté très capiteuse.

Seule avec son mari, parcourant les salons pour voir si tout était bien, elle se mirait dans les grandes glaces, et elle se trouvait si belle, qu'un sourire de triomphe éclairait son visage.

Elle éclipserait Marcelle, pensait-elle.

Celle-ci ne l'avait point consultée sur le choix de sa toilette, et Régina se disait, avec une certaine satisfaction, que cette jeune fille ayant toujours habité le Brésil, n'ayant point encore appris ce grand art parisien de la toilette, allait descendre avec une mise excentrique et de mauvais goût.

Henri de Tressac arriva le premier ; il fut bientôt suivi par quelques intimes de la maison : le duc d'Acquaviva, ambassadeur de Monaco, la superbe duchesse de Castiglione, la toute ravissante comtesse de Pourtalès, la séduisance personnifiée, le marquis de Toulongeon, aide de camp de l'Empereur, le duc et la duchesse de Morny, le prince de San-Rémo.

Marcelle, n'osant faire son entrée toute seule, fit prier son oncle de monter la chercher.

Elle arriva, calme, fière, la figure comme illuminée d'une joie intime, elle se sentait belle ; et elle en était heureuse. Ne fallait-il pas qu'elle fît honneur à son beau fiancé !

En l'apercevant, Régina se mordit les lèvres de dépit.

Un murmure de sincère admiration accueillit son entrée.

La toilette de Marcelle était d'un goût exquis, sur une robe de faille d'un vert d'eau très pâle, était

artistement drapé du tulle illusion blanc. Dans le
bas, entourant la longue traîne, une guirlande d'algues marines, avec coquillages argentés, et petits
insectes aux ailes diaprées.

Ce tulle illusion formait par-devant, au moyen
d'une draperie, une sorte de tablier relevé sur le
côté gauche par une touffe d'algues marines, au
milieu desquelles étaient placées négligemment et
à moitié cachées des grosses perles cabochons.

Ses cheveux mordorés retombaient en boucles
sur ses épaules, un peigne fait de cinq grosses perles
ornait seul sa coiffure.

Elle portait aux oreilles, deux superbes perles, et
autour du cou un collier de perles.

Ces perles lui venaient de sa mère, il y en avait
pour une somme énorme, une fortune.

La toilette est à la femme ce qu'est le soleil à la
campagne : sous les rayons du soleil les champs
prennent une beauté féerique, sous une riche toilette de bal, la femme belle devient bien plus
belle !

Régina, qui n'avait vu encore la nièce de son
mari, qu'en robes montantes et sombres, ne soupçonnait pas la beauté parfaite de ses formes, et tout
l'éclat de sa beauté.

Une âpre jalousie, lui mordit le cœur, elle dut
s'avouer que Marcelle était plus belle qu'elle.

Elle fixa un regard profond, un regard inquiet et inquisiteur sur son amant.

Elle cherchait à lire dans ses yeux l'effet que lui produisait sa fiancée.

De Tressac la complimentait sur le choix de sa toilette, il ne pouvait s'empêcher de la trouver fort belle, mais, tout à Régina, cette beauté ne le troublait pas, tout en l'éblouissant.

Bientôt, une foule sélecte emplit les salons.

La société cosmopolite a le privilège des toilettes luxueuses.

Les Russes, les Américaines, les Allemandes, les Péruviennes, les Espagnoles, viennent à Paris, non pour voir Paris, mais pour se faire voir, pour jeter de la poudre aux yeux de ces bons Français, et elles se ruinent avec entrain, en satins, dentelles et bijoux. Les hommes, sans sourciller, payent des notes fantastiques, enchantés qu'ils sont de voir leurs femmes briller.

Il y avait dans les salons des Salvedro, toute la colonie étrangère, et tous les habitués de la cour, c'est-à-dire, toutes les femmes dépensant des sommes folles pour leurs chiffons, il y avait pour plus de cinquante millions de bijoux. C'était un coup d'œil féerique que toutes ces femmes, allant, venant, au milieu des fleurs, et dans une orgie de lumières.

Marcelle, souriante, possédant l'aisance de la

grande dame de race, était remarquée et admirée de tous; entre les plus belles, elle était encore la plus belle.

Régina était au supplice car chacun la complimentait sur la séduisance de sa nièce ; puis, on ajoutait, sans malice, car on ne soupçonnait pas sa liaison avec le vicomte : « Comme de Tressac en est amoureux ! il ne voit qu'elle... »

Il était bien forcé de s'occuper d'elle !

La marquise souffrait un martyre, et elle avait toutes les peines du monde à dissimuler sa rage jalouse.

A minuit, le contrat fut signé, Marcelle apportait quinze cent mille francs à son époux.

Une dot royale !

Les hommes félicitaient le fiancé. « Ah! mon cher, lui disaient des intimes, tu as une chance formidable, tu auras la plus jolie femme de Paris, et, cette fille, que princes et rois auraient été heureux d'épouser sans dot, a une fortune énorme ! »

Henri de Tressac souffrait, sa conscience lui criait plus fort que jamais qu'il se conduisait en malhonnête homme en sacrifiant à ses amours adultères, une fille pouvant espérer faire un brillant mariage et être aimé éperdument.

Le 25 octobre, le mariage d'Henri de Tressac et de Marcelle de Marénos fut célébré à la mairie de la rue d'Anjou.

Le vingt-six, c'est-à-dire, le lendemain, il devait se célébrer à midi à l'église Saint-Augustin.

Marcelle était dans son cabinet de toilette.

Elle avait désiré que, seule, Carmen la coiffât et l'habillât.

Elle était assise devant une grande glace ; ses beaux cheveux dénoués lui faisaient un manteau royal :

Elle était souriante et gaie.

Carmen, triste et morne, lissait les boucles parfumées, le peigne d'écaille tremblait dans sa main.

— Sœurette, je t'en conjure, quitte cet air lugubre, réserve-le pour le jour de mon enterrement, souris un brin, ne serait-ce que pour me faire plaisir.

— Je ne puis pas ! — répondit presque durement la mulâtresse, et d'un revers de main, elle essuya des larmes qui tremblotaient sur ses cils.

— Enfin ! explique-moi au moins pourquoi tu hais Henri !

— Je ne sais pas, je le hais, voilà tout.

— Tu mettrais du noir dans ce jour de fête, si je ne savais pas que ton aversion a sa source dans l'affection que tu portes à notre camarade d'enfance.

— Carmen eut un geste de colère... tu oses penser à Georges sans rougir de ta perfidie.

— Je n'ai pas été perfide, j'ai cru l'aimer d'amour. En m'apercevant que je m'étais trompée, je lui ai écrit en lui expliquant cela loyalement.

— Il n'a pas reçu ta lettre, il était en route.

— Il va venir?

— Il est a Paris.

— Georges est à Paris... est-ce possible ?

— Tu le vois, ma sœur, tu l'aimes, je sais bien, moi que tu n'aimes que lui, l'autre ta jeté un sort, voilà tout.

— J'ai peur que Georges vienne me faire une scène ridicule, voilà d'où vient mon émotion.

— Comme tu le connais mal; il est de ceux qui meurent sans se plaindre, sans même parler de leur douleur. Sa mère est morte, il venait te dire qu'il n'avait plus que toi à aimer. A présent, il pleure deux affections.

— Tu l'as vu ?

— Oui, il a pensé que c'était ton tuteur qui te contraignait à ce mariage; en apprenant que c'était librement et avec joie que tu le contractais, il t'a pardonné, il retournera la-bas par le prochain bateau.

— Pauvre Georges, fit Marcelle... s'il voulait m'aimer en frère, il aurait en moi une sœur bien affectionnée.

— Comme si cela est possible, fit Carmen en haussant les épaules.

5.

— Enfin ! j'épouse celui que j'aime, c'est tout naturel, et à présent, je t'en prie ne me parle jamais plus de Georges, je n'ai plus le droit de songer à un autre homme qu'à mon mari.

— C'est bien, ma sœur.

Silencieusement, la mulâtresse acheva de coiffer la mariée. Elle retint l'opulente chevelure avec un peigne merveilleux orné de douze perles fines énormes. Puis elle passa à Marcelle sa robe de noce, elle était en satin garni de points de Venise et toute embaumée par des bouquets de fleurs d'oranger naturelles. Elle posa sur sa tête un voile de points de Venise, et arrangea gracieusement en couronne une guirlande de fleurs d'oranger.

— Tu seras bien belle aujourd'hui, Marcelle, murmura Carmen en s'agenouillant pour piquer des bouquets de fleurs d'oranger dans la traîne de la robe, — mais vois-tu, il y a dans la corolle de ces fleurs comme une rosée qui me rappelle les larmes de celui dont tu ne veux plus entendre le nom, — cette rosée-là tout le soleil de l'amour ne pourra la sécher.

— Ah ! chère Carmen, si tu savais quelle joie est dans mon cœur, quelle ivresse est dans mon âme, toi qui m'aimes tant, je le sais, tu deviendrais joyeuse, tu prendrais ta part de mon bonheur. Je prends une part de la douleur de l'autre, les heureux n'ont besoin de rien, répondit Carmen.

Dans le grand salon de l'hôtel Salvedro, Régina, en toilette blanche, elle aussi, attendait les témoins et les invités. Par un caprice étrange, elle s'était fait confectionner une adorable toilette de satin crème, presque blanc, son mignon chapeau était orné de roses blanches. On aurait dit qu'elle voulait se donner l'illusion qu'elle était la mariée !

Le marquis de Salvedro vint chercher sa nièce, Carmen descendit avec eux soutenant la traîne de la robe de sa sœur de lait.

Le fiancé n'était point encore arrivé.

Marcelle était complimentée par les invités. Sa tante mettant un froid baiser sur son front, lui dit, qu'elle était charmante dans sa blanche toilette, puis elle quitta un instant le salon. Elle guetta dans l'antichambre l'arrivée de son amant. Il ne tarda pas à arriver. Un mot, vicomte, lui dit-elle, et, elle l'entraîna derrière un massif. — Henri, lui dit-elle, prends ce billet, cache-le dans ta poche, tu le liras ce soir, si tu ne veux pas que je me tue aujourd'hui même, fais ce que je te demande.

— Je te le jure, répondit-il bien bas.

Ils entrèrent dans le salon.

Carmen sortit de derrière un massif d'arbustes ; elle s'était cachée là pour voir arriver les grandes dames en toilette ; elle avait tout vu, tout entendu !

— Oh ! l'infâme ! oh ! les infâmes, murmura-t-elle ;

mon cœur ne s'était pas trompé, c'est l'autre qu'il aime... et Marcelle est déjà sa femme de par la loi... Que faire! l'avertir? c'est trop tard, elle souffrirait trop cette pauvre sœur si elle savait!

La mulâtresse, toute triste, et toute rêveuse, remonta dans sa chambre.

— Tu sais, Marcelle, dit tout haut le marquis de Salvedro que le feu dévore en ce moment mon petit château de Bel-Air...

— Est-ce possible... s'écrièrent les invités, et vous êtes là tout calme et tout souriant.

— Que voulez-vous, les pompiers s'entendront mieux que moi à éteindre l'incendie, — mais je partirai ce soir pour voir par mes yeux l'étendue du sinistre.

— Que je suis donc désolée, mon oncle, qu'un jour aussi heureux pour moi soit, un jour d'ennui pour vous!

— Oh! ma chère amie, les pertes d'argent me touchent peu, j'étais assuré du reste, et je ne perdrais que quelques objets d'art non compris dans l'assurance, grâce au ciel, on me télégraphie qu'il n'y a ni tués, ni blessés.

Les invités étant tous arrivés, on monta en voiture et bientôt la brillante noce fit son entrée dans l'église.

L'église Saint-Augustin était ornée de fleurs, de

riches tapis et de belles tentures, elle était encombrée d'une foule sélecte, le tout-Paris mondain était là.

L'entrée de Marcelle au bras de son oncle, fut accueillie par un long murmure d'admiration que la marche triomphale jouée par l'orgue eut peine à couvrir.

— Elle est ravissante, disaient les femmes.

— Elle est très belle, disaient les hommes, et ce vicomte de Tressac est un heureux mortel.

L'anneau d'or fut passé au doigt de Marcelle par son époux, dont la main tremblait, — et ceci fit plaisir à Marcelle, — pensant que cette émotion venait de l'excès de son bonheur.

Le défilé à la sacristie dura plus d'une heure, et ce ne fut qu'à deux heures qu'une centaine de privilégiés, se réunirent à l'hôtel Salvedro, où un lunch exquis les attendait.

Henri de Tressac avait habilement amené Marcelle à déclarer que, comme lui, elle trouvait qu'il était stupide de courir à toute vapeur vers une région quelconque le jour de son mariage.

Il avait été convenu que, pour tout voyage, ils iraient prendre possession de leur hôtel. Le jardin à traverser, et l'on arrivait au but du voyage.

Elle n'avait point encore visité cet hôtel, il avait désiré lui faire la surprise de son installation.

Lorsque le dernier des invités fut parti, elle alla quitter sa blanche toilette.

Carmen, avait l'air plus sombre et plus désespérée encore que dans la matinée, mais elle ne parla pas de ce qu'elle avait entendu, ni du billet remis par Régina à de Tressac.

Après avoir remplacé sa toilette nuptiale par un coquet déshabillé du coin du feu, Marcelle alla retrouver son mari; lui aussi avait changé de toilette. Son oncle, l'avait suivi à son hôtel, ils avaient fait tout éclairer, des fleurs à profusion embellessaient cette demeure et lui donnaient un air de fête; ils revenaient tous deux chercher la jeune femme, pour lui montrer enfin sa demeure.

Carmen fut priée par Marcelle d'emporter dans son nouveau logis ses objets de toilette, et d'y faire porter ses effets.

Régina, prétexta un peu de fatigue, et elle ne les accompagna pas. Marcelle, trouva l'hôtel coquet et confortable, elle fit des compliments sincères à son mari, sur le choix des meubles, des tentures et sur tout l'arrangement. De fait tout était très luxueux et d'un goût exquis.

Cette visite se prolongea jusqu'à sept heures, on revint à l'hôtel Salvedro, où était servi le souper.

Le repas fut un peu silencieux, une sorte de gêne régnait, le marquis, parlait de son château incendié, il se demandait ce qu'il allait retrouver intact des objets d'art qui s'y trouvaient, il faisait de son mieux pour animer la conversation.

En quittant la table, il se rendit au chemin de fer, le train qu'il devait prendre partait à neuf heures.

Marcelle se mit au piano, elle joua nerveusement quelques airs brésiliens.

Enfin à dix heures, la marquise de Salvedro, profitant d'une minute d'absence de Henri de Tressac, emmena la mariée dans son hôtel.

— Ma chère enfant, lui dit-elle, les gens arrêtés par votre mari, n'entreront en service que demain matin, ce soir, vous n'aurez pour vous servir que votre dévouée Carmen.

Elle la conduisit dans sa chambre, lui fit remarquer combien son époux avait fait de cette pièce un vrai nid d'amour, puis la baisant au front : « Je vous laisse avec Carmen, lui dit-elle, elle va vous aider à faire votre toilette de nuit. »

Marcelle, avait vingt ans passés, ce n'était plus une jeune pensionnaire ne pressentant rien des doux mystères de l'amour. C'était une fille ardente et passionnée, qui avait soif des baisers amoureux de celui qu'elle aimait. Elle était émue, mais c'était de bonheur et non de crainte.

Par une pudeur instinctive, elle renvoya Carmen, et seule, elle dénoua ses cheveux, les retint seule-

ment par un peigne, leur donnant un désordre charmant.

Elle fit sa toilette, elle revêtit un coquet peignoir
blanc, laissant ses bras et sa gorge nus, elle mit à
ses pieds, mignons comme des pieds de fillette, des
mules en satin noir.

Elle se regarda dans la glace, et elle se trouva
jolie et séduisante.

Elle se blottit dans un grand fauteuil. au coin du
feu et elle attendit l'aimé.

Il tarda à venir, — c'est par discrétion se disait-
elle.

Enfin un coup discret fut frappé à la porte. D'une
voix toute tremblante elle dit : Entrez.

Henri de Tressac, habillé comme il l'était pour le
dîner entra ; il était calme, souriant, rien ne trahissait en lui la plus légère émotion.

Il s'assit en face d'elle dans un fauteuil.

— Votre chambre vous plaît-elle ?

— Oui, et combien je vous sais gré d'avoir de-
viné mes goûts, tout est à souhait pour moi.

— Elle donne sur le parc Monceau ; au printemps
vous jouirez de vos fenêtres d'une jolie vue, les oiseaux vous donneront des concerts, et les fleurs
vous enverront leur parfum les plus doux.

— Nous enverrons, voulez-vous, dire Henri.

Elle accompagna ces mots d'un doux regard.

— Affectant de ne pas comprendre, il dit, — demain mon tapissier viendra prendre vos ordres pour l'arrangement de votre atelier.

— Et je finirai votre portrait; encore quelques jours de poses et il sera très ressemblant. Voila là place que je lui destine.

Elle montrait la muraille au-dessus de son bureau.

— Savez-vous que vous avez un réel talent, vous devriez exposer.

— Je n'oserai pas, mon instinct et la nature ont été à peu près mes seuls professeurs. Au Brésil, nous avons peu d'artistes.

— Vous pouvez à présent prendre les leçons de nos meilleurs maîtres.

Marcelle commençait à se dire que son époux avait une singulière conversation pour une nuit de noce.

— Il continua ainsi quelques minutes encore, puis se levant il lui dit : « Je vous laisse, vous avez besoin de repos, ces cérémonies, lorsqu'on y joue le principal rôle, énervent toujours un peu... A demain, Marcelle, dormez bien.

Elle s'était levée, et elle était devenue toute pâle, elle avait vaguement conscience qu'en agissant ainsi son mari lui faisait outrage.

Il s'approcha d'elle, et déposa un froid baiser sur son front. Ceci fait, il salua cérémonieusement et sortit.

6

Marcelle, interdite restait debout, les yeux fixés sur la porte, elle ne comprenait pas.

Elle se figurait qu'il allait revenir!

Plus de dix minutes, elle demeura ainsi, on l'eut prise pour la statue de l'Abandonnée.

Mais que signifie cette froideur soudaine... murmurait-elle et quoi! pas un mot tendre, pas un baiser d'amour, mais il ne m'aime donc pas?

Elle se laissa tomber dans un fauteuil, un torrent de larmes déborda de ses grands yeux.

Soudain on gratta doucement à la porte.

— Je suis folle, le voilà qui revient en époux cette fois-ci; elle essuya vivement ses larmes, elle avait honte d'être surprise pleurant. Elle alla ouvrir, elle souriait, son visage redevenait joyeux.

Ce n'était pas lui, c'était Carmen.

La mulâtresse avait l'œil enflammé par la colère, ses lèvres étaient agitées par un tremblement convulsif.

Elle referma la porte doucement et sans bruit.

— Ah! pauvre sœur! je te le disais bien qu'il ne t'aimait pas, nous, filles issues de la race noire, nous lisons dans les cœurs les plus dissimulés. Nul, même le plus fourbe ne peut nous tromper.

Marcelle, s'était assise, ses larmes coulaient encore...

— Mais, fit-elle soudain, comment savais-tu qu'il n'était pas ici avec moi, pourquoi es-tu venue?

— Il ne pouvait être ici puisqu'il est avec sa maîtresse.

Marcelle se redressa violemment comme si elle avait été piquée par une bête venimeuse. — Sa maîtresse! tu as dit ta maîtresse !

— Oui, j'ai dit sa maîtresse.

— Mais tu mens, n'est-ce pas? Pardon, ma sœur, je voulais dire que tu fais une simple supposition... tu n'as aucune certitude?

Ses larmes ne coulaient plus, ses yeux brillaient, ils avaient des lueurs étranges, elle était pâle comme si elle allait trépasser, elle appuya nerveusement la main sur son cœur pour en calmer les battements violents.

— Pauvre, pauvre sœur! fit Carmen.

— Parle, que sais-tu, dis-moi tout, je le veux.

— Oui, je te dirai tout, car tu dois le venger ; n'oublie pas, Marcelle, qu'on dit chez nous, que la vengeance a autant de charme que l'amour.

— Je le sais, et s'il m'a trompé je le haïrai comme savent haïr les femmes de notre patrie. — Parle.

La mulâtresse lui répéta les paroles que Régina et de Tressac avaient échangées le matin.

— La marquise de Salvedro ! ma tante ! non, c'est impossible ! tu as mal entendu.

— Je savais que tu ne voudrais pas croire à cette infamie. Aussi me suis-je introduite furtivement dans sa chambre et dans le costume qu'il avait quitté, j'ai trouvé la lettre — la voilà.

Elle lui tendit un papier plié en huit, une feuille simple sans armes, sans chiffre. Mais c'était bien l'écriture de la marquise de Salvedro.

Marcelle se mit à lire à mi-voix : « Henri, tu le sais, je souffre un intolérable supplice. Chaque fois que tu lui parles, je me dis : « S'il ne jouait plus la comédie... s'il l'aimait réellement à présent ! » Lorsque ces pensées me viennent, il me semble qu'on m'enfonce un fer rouge dans le cœur, il me prend des envies folles de crier à mon mari : — Tuez-moi, mais nous vous avons mystifié. Je suis la maîtresse de Henri, je l'aime, je l'adore. La pensée de notre fils, de notre petit Jean me calme, que deviendrait-il sans nous?... Ah! maudite soit Marcelle de t'avoir aimée! Henri, mon Henri, tu comprends, n'est-ce pas, ce que j'aurai souffert ce soir — ta nuit de noce — le ciel a pitié de moi, notre château brûle, *il* devra partir ce soir. Nous serons libres, je veux, entends-tu bien, je *veux* que cette nuit soit notre nuit de noce — si tu m'aimes, si tu ne veux pas que je me tue, impose lui l'affront sanglant de la laisser demoiselle — Va coucher dans la chambre qui est au rez-de-chaussée, près de ton bureau, dès

que mes domestiques dormiront, j'irai te joindre...
et dans tes bras j'oublierai les souffrances endurées
depuis deux mois et celles à venir, hélas !

» Ta Régina. »

Marcelle était livide, elle comprenait tout à présent, un tremblement convulsif agitait son corps.

— Ah! les misérables! les misérables! répétait-
elle d'une voix saccadée. — Les infâmes! ils se sont
joués de moi, ils m'ont sacrifiée à leurs crimi-
nelles amours!

Régina de Salvedro est une abominable femme...
trahir mon oncle qui l'a élevée jusqu'à lui, qui a
pour elle une tendresse passionnée, c'est odieux. —
Mais lui, lui que je croyais si loyal... le cœur peut
donc se tromper? le mien était si sûr de lui!

Elle était désespérée, elle tordait ses mains,
de grosses larmes brûlantes coulaient de ses
yeux.

—Ma sœur, vas-tu pleurer et gémi sans songer à
te venger?

— Ah! oui, je veux me venger, comme toi, j'ai du
sang noir dans les veines, une de mes aïeules était
quarteronne. Ah! M. de Tressac, vous vous aperce-
vrez que Marcelle de Morénas ne ressemble en rien
à vos femmes de France.

La mulâtresse en l'entendant parler ainsi devint
toute joyeuse.

6.

— Enfin ! je te retrouve... une belle et fière fille du Brésil.

— Mais que faire ? — Aller les surprendre... car elle est là-bas avec lui, n'est-ce pas ?

— Oui.

— Aller les tuer, c'est mon droit. Mais, eux morts, ils ne souffriraient plus, et je voudrais les voir souffrir ; c'est mon pauvre oncle qui sera malheureux.

— Laissez les vivre — souviens-toi de la maxime musulmane dent pour dent, œil pour œil.

— Je ne comprends pas.

Carmen parla pendant cinq minutes au moins tout bas à Marcelle — celle-ci écoutait morne et pensive... Soudain relevant vivement la tête :

— Oui, fit-elle, donne-moi un manteau, un chapeau, un voile épais, et partons. Pouvons-nous sortir ?

— Ils sont dans la chambre, j'ai les clefs de la porte donnant dans la rue... ils n'entendront rien.

Bien emmitouflées, les deux femmes descendirent doucement, sans lumière, étouffant le bruit de leurs pas.

Arrivées au rez-de-chaussée, Marcelle dit tout bas à Carmen : « Crois-tu qu'elle soit encore là ? »

La mulâtresse lui prit la main, elle connaissait bien les êtres, elle la conduisit dans un petit couloir. La porte du cabinet de toilette donnait dans ce couloir, la porte allant de la chambre dans ce cabinet était ouverte.

Marcelle, hâletante, resta dix minutes à écouter.

Les deux amants se livraient aux transports les plus fous de leur folle passion.

— Partons, dit enfin Marcelle à l'oreille de Carmen.

La mulâtresse ouvrit doucement une petite porte de service, elle prit la clef, les deux femmes marchèrent quelques instants se tenant par le bras sans se parler, une voiture vide passa, elles l'arrêtèrent, s'y blottirent toutes deux.

Carmen donna une adresse au cocher.

Bientôt Marcelle arriva, où le diable l'envoyait, où le noir démon de la vengeance la poussait.

Le lendemain, Henri de Tressac se leva assez matin, ses gens arrivaient, il avait des ordres à donner.

Son chef fit merveille ; à onze heures, un excellent déjeuner était servi, il était un peu embarrassé, comprenant l'odieux de sa conduite envers sa femme de par le maire et de par l'église, il se demandait quel accueil Marcelle allait lui faire, ce repas, en tête à tête, lui pesait beaucoup.

Elle arriva, dans un délicieux déshabillé ; sa démarche avait une grâce indolente, ses yeux étaient entourés d'un cercle d'un noir bleu, ses joues étaient un peu pâles. Elle était jolie et fort désirable ainsi.

Elle tendit gracieusement la main à son époux, et toute souriante elle s'assit à table.

Il la regardait, il l'examinait... c'est drôle, pensait-il, on dirait que... j'ai été son mari... elle a sans doute pleuré.

Elle se mit à manger de fort bon appétit, et elle causait, et elle se montrait parfaite pour lui.

— Allons, se disait-il, elle a bon caractère... ou bien, ignorante en ces certains usages, elle a cru que ceci se passait toujours ainsi.

Leur déjeuner fut gai, les domestiques ne purent certes pas se douter des singularités de cette nuit de noce. Dans l'après-midi, le tapissier vint; de Tressac resta avec elle, il l'aida de ses conseils pour installer son atelier.

La marquise de Salvedro vint les inviter à dîner chez elle... Elle aussi examina curieusement la nouvelle épousée, elle était aussi étonnée de sa bonne humeur que de sa mine pâlie et lassée.

Pendant tout le temps du dîner, Marcelle montra une verve endiablée et un esprit à l'emporte-pièce.

Régina avait un réel dépit de la voir si brillante, et de Tressac était presque sous le charme.

A dix heures, elle tendit la main à sa tante et à son mari — Je me sens envie de dormir, bonsoir, continuez la soirée sans moi.

Mais Régina, craignant le retour de son mari, fit

un petit signe à son amant, qui se levant offrit le bras à sa femme en lui disant : « Permettez-moi de vous accompagner. »

Il la conduisit jusqu'à sa chambre, Marcelle lui dit quelques phrases banales, sur le beau temps et la pluie, et enfin, lui tendant le front... et à présent, bonsoir, monsieur bonne nuit...

Il voulut, par convenance et par prudence, un peu aussi, peut-être, attiré par cette beauté langoureuse qui lui seyait bien... il voulut remplir son rôle de mari.

— Comment, fit-il presque tendrement... *mademoiselle* me chasse ?

Il appuya sur le mot, mademoiselle.

— *Madame*, ne vous chasse pas, répondit-elle gaiement et en appuyant sur le *madame*, mais elle vous fait remarquer qu'elle désire dormir.

Il se retira, un peu froissé, et plus dépité qu'il n'en convenait avec lui-même.

Croyant la punir ? Pendant deux jours, il ne demanda plus à rester. Enfin, le quatrième jour, comme elle le congédiait encore avec une gaieté un peu ironique, il lui dit : — Croyez-vous, ma chère Marcelle, qu'il n'est pas grand temps que vous soyez ma femme ?

— Jamais, je ne serai votre femme, monsieur !

Elle lui répondit cela brutalement, et d'une voix que la colère faisait vibrer.

Il fut une minute tout interdit et pétrifié de surprise.

Puis la saluant, il s'en alla en disant : — Comme il vous plaira, madame.

Blessé dans son amour-propre, il se le tint pour dit, et sans demander d'autres explications, il ne tenta plus de devenir le mari de sa femme.

Mais devant les étrangers, ces deux époux sans l'être, étaient charmants l'un pour l'autre ; de Tressac se montrait galant et empressé pour sa femme.

La marquise de Salvedro était ravie, elle avait son amant bien à elle. Ils se donnaient presque chaque jour rendez-vous dans leur petit nid de la rue de Sèze. Lorsque de Tressac exprimait son étonnement de la conduite de Marcelle à son égard — et sa crainte que son oncle sût qu'elle était encore jeune fille — Elle est orgueilleuse et elle ne dira rien, répondit Régina... et mademoiselle... en fille trop savante, en vérité, te garde rancune de lui avoir demandé crédit de vingt-quatre heures pour en faire ta femme ; décidément, la naïveté lui fait défaut tout comme le bon caractère.

IV

UN SOUPER AUX TUILERIES. — UNE NOUVELLE
FOUDROYANTE.

L'amiral de Cerbys, l'oncle maternel d'Henri de
Tressac, revenait d'un long séjour de dix huit mois
en rade du Sénégal.

De Tressac aimait tendrement cet oncle qui lui
avait presque servi de père.

Ce soir-là, 20 janvier, l'amiral venait dîner chez
son neveu, afin d'être présenté à sa nièce et au marquis et à la marquise de Salvedro.

On devait, après le dîner, vers les minuit, aller
tous ensemble à un bal costumé que donnait l'Impératrice.

L'Amiral trouva sa nièce adorable; il ne cessait
de répéter à son neveu : — Sais-tu que ta Marcelle est la plus belle femme que j'ai vue, et Dieu

sait pourtant si j'en ai vu de jolies femmes! et quel esprit! quelle grâce! tu es un heureux coquin... Ces phrases irritaient le mari, non mari, qui s'empressait de changer de conversation, mais l'Amiral ne se lassait pas de répéter combien sa nièce était adorable.

Marcelle fut charmante pour lui et sans le moindre effort, car ce vieux loup de mer, spirituel, franc et sans façon, lui plaisait beaucoup.

Le dîner fut très gai, grâce à la verve intarissable de l'Amiral :

A dix heures, Régina et Marcelle, laissant les hommes au fumoir, montèrent dans leur chambre respective pour se costumer.

Régina avait choisi un costume grec qui moulait son corps et laissait ses bras nus, et ses bras étaient fort beaux.

Marcelle avait fait confectionner, par une habile faiseuse, un costume court, fait avec des étoffes d'un coloris vif, ce costume ressemblant un peu à celui des Espagnoles, était le costume porté par le peuple d'une des provinces du Brésil. Naturellement elle l'avait embelli, par des étoffes riches, des dentelles de prix et des bijoux représentant une somme énorme..

Son costume était bizarre, très original, et il convenait parfaitement à son genre de beauté.

Ses superbes cheveux mordorés tombaient sur ses épaules en cent petites tresses ornées de sequins et lui faisaient un manteau royal.

Carmen s'était surpassée dans l'arrangement de ce costume qui lui rappelait sa chère patrie.

Lorsqu'elle descendit retrouver ses oncles et son mari, ce fut de la part des trois hommes un cri d'admiration. L'amiral déclara que sa nièce était une fée, changeant de genre de beauté, et se transformant à sa fantaisie en reine, en déesse et en lutin... tantôt j'ai dîné avec la déesse, maintenant je me trouve avec un lutin. Il ajouta, — Tressac, mon ami, ta femme va faire tourner toutes les têtes, — prends garde qu'un prince charmant ne te l'enlève ce soir.

Le mari, malgré son esprit, ne trouvait pas un mot à répondre; il restait gauchement à examiner le costume de sa femme, histoire de se donner une contenance.

Régina entra d'un air triomphant; une fois encore elle avait espéré que celle qu'elle appelait sa rivale et qui était sa victime n'aurait pas su se costumer avec art.

En voyant Marcelle éblouissante de grâce sous son pimpant costume, laissant voir des jambes faites au tour, un pied de cendrillon et une chevelure unique peut-être dans Paris, — Régina devint d'une

7

humeur maussade, elle voulut insinuer que le costume de sa nièce n'était pas convenable.

Il est ravissant, s'écria l'amiral...

— Mais un peu écourté, reprit aigrement la marquise.

— Je crois, fit en souriant Marcelle, que le costume de papillon que portera votre amie la comtesse Litoff sera pour le moins aussi court que le mien.

En route, moi j'aime arriver à temps pour voir les femmes faire leur entrée, dit le marquis de Salvedro.

Régina monta seule avec son mari dans sa grande calèche de gala.

De Tressac, Marcelle et l'amiral montèrent dans le huit-ressorts que le vicomte avait offert à sa femme.

Ce bal impérial fut un éblouissement : Les salons trop dorés des Tuileries étaient éclairés par une orgie de lumière; les fleurs, les arbustes formaient des grottes et des parterres :

Les femmes, avaient fait assaut de magnificence et de coquetterie.

La princesse de Metternich était délicieuse d'entrain et de grâce avec son costume de Gitana.

La duchesse Colonna portait un splendide costume du moyen âge italien, — madame de Pour tallès, l'incarnation de la grâce, était en pompadour. La duchesse de Morny était en mariée russe. La duchesse de Castiglione était en Salambo. La comtesse de Litoff en papillon aux ailes diamantées, la fille du préfet de Paris portait le costume de Diane chasseresse. Une ravissante petite Américaine qui affichait hautement son intention de séduire l'Empereur était presque nue sous son costume d'almée, — celles qu'on appelait les petites comtesses, deux Polonaises mignardes et intrigantes, étaient fort habilement dévêtues sous prétexte de costume turc. La Générale L... avait tout simplement mis un uniforme de son mari. Madame O. avait mis un costume de jeune Albanais, fustanelle blanche, veste en velours rouge, ceinture garnie de poignards et de revolvers, une fine moustache collée à sa lèvre supérieure complétait sa ressemblance avec un jeune et beau garçon de vingt ans. Le duc de M... et toute la vilaine clique de ceux qu'on avait surnommé les petites duchesses se mirent en frais pour le jeune Albanais qui, leur riant soudain au nez, leur cria son nom.

Le paganisme, les contes de Perrault, et toutes les nations de l'univers étaient représentés par le costume au bal impérial.

Malgré les nombreuses jolies femmes qui l'ornaient et malgré la quantité de beaux costumes qu'on y admirait, Marcelle de Tressac fit sensation, elle fut très entourée, l'Impératrice lui fit compliment sur sa toilette. Napoléon s'approcha plusieurs fois d'elle.

En lui parlant les yeux de l'Empereur perdaient leur ressemblance avec ceux du merlan frit, son regard devenait lubrique.

Napoléon III, à l'état de repos des sens, avait les yeux les plus affreux du monde, mais dès qu'il se trouvait en présence d'une femme dont la beauté le troublait, ses yeux perdaient leurs teintes mornes et mortes, ils s'éclairaient de lueurs fauves, et son regard devenait si éloquent que la femme chaste en éprouvait une sorte de malaise et de honte, la femme non chaste était fixée, elle savait qu'elle pourrait, si elle le désirait devenir, la favorite d'un jour de ce don Juan, lourd d'esprit et podagre de corps.

— Diable, diable, — attention, dit tout bas l'amiral à l'oreille de Tressac, voilà l'Empereur qui fait la cour à ta femme.

— Je ne crains rien, répondit Tressac, en haussant les épaules.

Régina, avait beaucoup moins de succès que sa nièce, cè qui la mettait en rage ; comme compensation les danseurs lui restaient, car Marcelle refusa obstinément de danser.

Vers la fin du bal le duc de Bassano vint dire au marquis de Salvedro, à Tressac et à l'amiral de Cerbys, que Sa Majesté l'Impératrice leur faisait l'honneur de les inviter tous les cinq au souper intime.

C'était une grande faveur qui leur était faite, — les invités ordinaires avaient un souper à deux heures du matin, — et les privilégiés assistaient vers les trois heures à un souper intime présidé par l'Empereur et l'Impératrice; les ambassadeurs y étaient de droit invités.

De Salvedro, était radieux; Régina, la femme au sang mêlé, était fort orgueilleuse, elle fut ravie. — Elle pourrait, pensait-elle, humilier du récit de cette faveur celles de ses amies qui n'avaient point été invitées.

— C'est notre adorable Marcelle qui nous vaut cette invitation, fit observer l'amiral.

Cette remarque fut très déplaisante à Régina, car elle sentait que c'était vrai, — le succès du bal avait été pour sa rivale.

Le souper intime aux Tuileries était servi sur des petites tables. L'Empereur présidait celle où s'asseyaient les femmes des ambassadeurs, l'Impératrice présidait celle où s'asseyaient les ambassadeurs et ministres des puissances étrangères. — Les autres invités étaient installés par groupes, sur une petite table présidée par un chambellan ou un aide de camp.

7.

Le marquis de Toulongeon offrit le bras à Marcelle, il la conduisit à une petite table de huit couverts.

La marquise de Salvedro fut conduite à la même table par Ney, prince de la Moscowa. L'amiral fut invité ainsi que les maris à s'y asseoir, il manquait un convive, Toulongeon retint au passage le baron de Verdière, aide de camp du général Fleury.

L'Empereur et l'Impératrice étaient fort gais; le souverain riait tout haut des bons mots de la princesse de Metternich. Les autres tables suivirent l'exemple impérial, et l'animation devint générale.

Vers la fin du souper, l'Empereur circula d'une table à l'autre, disant un mot aimable à toutes les femmes.

Arrivé près de la table, où se trouvaient nos personnages, et comme il avait l'air de chercher un siège du regard. Le baron de Verdière se levant vivement lui offrit sa chaise.

Après avoir fait quelques questions à l'amiral Cerbys sur le climat du Sénégal, il complimenta encore Marcelle sur son costume, lui parla du Brésil, et de ses coutumes... enfin il lui dit : — « Savez-vous madame que vous avez fait bien des malheureux ce soir? » et comme elle l'interrogeait de ses grands yeux remplis de flammes :

— Oui, bien des malheureux, d'abord par votre

beauté, qui a mis le feu à bien des cœurs, et ensuite par votre cruauté de refuser tous les cavaliers... vous n'aimez donc pas la danse ?

— Sire, je l'aime beaucoup... mais... elle eut l'air de se troubler et elle baissa timidement les yeux.

— Mais, quoi ! avouez que c'est par cruauté que vous n'avez pas voulu danser !

— C'est par prudence, Sire, — dit-elle tout bas.

Son mari, ses oncles et sa rivale, la regardaient intrigués de ce qu'elle allait dire.

— Par prudence pour les autres, fit l'Empereur en souriant.

— Non, Sire, pour moi.

— Je ne comprends pas.

— Elle leva les yeux sur l'Empereur, elle eut un joli sourire, un peu confus, — Votre Majesté, — me force à annoncer ici ce que je devais confier bientôt en tête à tête à mon cher époux, dans six mois je serai mère... puis regardant fixement son mari, — j'espère vous donner un fils, Henri.

— J'espère, pour le plaisir des yeux de nos fils que vous aurez une fille, madame, et qu'elle sera aussi belle que vous.

La foudre, en tombant devant Henri de Tressac, ne l'aurait pas pétrifié davantage de surprise et d'effroi: il restait bouche ouverte, livide; il était comme foudroyé par cette bien imprévue nouvelle.

L'Empereur s'en aperçut. On dirait, vicomte, que l'annonce d'un héritier ne vous charme pas.

— Elle le comble de joie, répondit de Salvedro, mais mon cher neveu, supporte mal le bonheur. Voilà la figure qu'il m'a faite, lorsque je lui ai annoncé que ma nièce l'aimait et Dieu sait pourtant s'il était heureux !

Régina, assise à côté de lui, lui marchait sur le pied pour lui signaler le danger qu'ils couraient tous deux.

— J'ai un peu la nature des femmes, Sire, fit-il, en essayant de sourire... une trop bonne nouvelle apprise à l'improviste me donne une telle secousse au cœur... qu'il me semble que je vais me trouver mal.

— Ma nièce, s'écria l'amiral, si vous me donnez un neveu, j'en ferai un excellent marin, qui un jour commandera les flottes de Sa Majesté.

— Mes compliments, Marcelle, dit Salvedro.

— Merci, mon oncle, j'espère que mon fils sera aussi beau que le vôtre, qu'on pourra le prendre pour le frère de Jean, — et elle fixait de Tressac et la marquise en parlant ainsi.

— Tu fais des projets en Espagne, Marcelle, ce sera peut-être une fille.

A cette remarque de sa femme, Salvedro répondit. Et ! bien tant mieux, si c'est une fille, nous la marierons avec notre petit Jean.

De Tressac et Régina rougirent... et Marcelle, tout
en fixant sur eux un regard qui contenait un peu
de raillerie, fille ou garçon il sera adoré notre baby,
n'est-ce pas, Henri.

— Certes... répondit celui-ci les dents serrées.

L'Empereur dit encore quelques mots aimables
à tous, puis il s'éloigna.

L'Impératrice en se levant, donna bientôt après
le signal de la fin de la fête.

L'amiral s'était emparé du bras de sa nièce. Salvedro marchait en éclaireur.

De Tressac marchait en dernier, il donnait le bras
à Régina.

— Vraiment, lui dit tout bas sa maîtresse... tu te
fais un jeu de mettre ma vie en danger... tu as failli
te trahir tout à l'heure.

— Ne me dis rien, je deviens fou.

— Il y a de quoi, en vérité! ne devines-tu pas
que ta femme a voulu se moquer un brin de toi... et
le moyen qu'elle a trouvé pour te prier de daigner
être son époux est d'un goût fort douteux du reste.

— Crois-tu que ce soit une plaisanterie, murmura-t-il tout bas.

— Certainement, — si elle avait un amant, nous
nous en serions aperçu, et elle ne t'aurait pas jeté
ainsi à la tête l'annonce de sa grossesse.

Une plaisanterie! oui, cela devrait être une plaisanterie destinée à rappeler à l'ordre le mari par trop oublieux.

Cette pensée rendit un peu de calme à de Tressac... qui se promit bien et le matin même, car on était au matin, — d'être enfin le mari de sa femme.

Lorsqu'ils furent arrivés à leur hôtel, il lui demanda tout bas et d'une voix affectueuse, si elle lui permettait d'aller dans cinq minutes, causer avec elle.

— Avec plaisir.

Elle répondit ces deux mots simplement et sans la moindre émotion.

La mulâtresse était dans la chambre de Marcelle... elle dormait sur un fauteuil.

Marcelle la réveilla : Va-t'en vite, il va venir, j'ai annoncé ma grossesse à l'Empereur devant lui.

Carmen, eut un éclair dans les yeux... et il ne s'est point trahi ?

— J'ai cru un instant tant il était blême qu'il allait se trahir, — à présent il paraît calme.

— Il croit que tu n'as voulu que l'effrayer.

— Rentre vite chez toi, il va venir.

— Je reste avec toi... j'ai peur pour toi... je vais me cacher dans ton cabinet de toilette.

— Non, je n'ai rien à craindre, je t'en prie, va dormir.

La mulâtresse se retira à regret.

Bientôt deux petits coups discrets furent frappés à la porte.

Marcelle, debout près de la cheminée, tenant à la main un petit revolver en argent avec lequel elle jouait... dit : Entrez... d'une voix ferme.

De Tressac, était un peu pâle, il avait l'air embarrassé.

— Marcelle, j'ai été bien coupable envers vous, je le reconnais et je vous en demande pardon... Mais, avouez, que vous auriez mieux fait... de me rappeler, en tête à tête, que j'oubliai trop que j'étais votre heureux époux... plutôt, que de faire en public ce mensonge de mauvais goût.

Elle eut un éclat de rire nerveux et méchant... — Vous êtes fat à ce que vois, monsieur... et quoi! vous vous êtes figuré qu'en annonçant à Sa Majesté, mon état de grossesse, je n'avais d'autre but que celui de mendier vos caresses maritales!

— Quel autre but aviez-vous donc

— Celui simplement d'annoncer à tous et à vous aussi, que dans six mois vous serez père.

— Mais vous savez bien que c'est impossible!

— Pourquoi! je vous prie... vous l'avez bien vu, tout le monde a trouvé la chose toute naturelle.

— Cessez cette horrible plaisanterie, de grâce... vous ne sauriez être mère puisque vous... êtes... encore mademoiselle.

— Je ne plaisante nullement, et je vous donne ma parole d'honneur que dans six mois; neuf mois, jour pour jour avec celui de notre mariage, vous serez père.

Il était livide, la fureur faisait claquer ses dents.

— Malheur à vous si c'était vrai...

— Douteriez-vous de ma parole?

— Mais vous êtes folle, mais vous voulez donc m'exaspérer... me croyez-vous homme à me laisser déshonorer?

— Je vous sais homme à déshonorer les autres d'un cœur léger.

— Que voulez-vous insinuer?

— Ne prenez pas la peine de mentir, je sais tout... Ah! monsieur de Tressac, vous vous vantez de n'être pas un homme à vous laisser déshonorer... et pourtant vous avez déshonoré un fort galant homme, le marquis de Salvedro, mon oncle.

— Madame... vous.

— Ah! je sais tout, sans remords vous êtes devenu l'amant de sa femme, de cette fille de rien que, par amour, il avait élevée à lui... vous avez imposé à ce galant homme un bâtard — vous l'avez condamné à cette chose horrible d'aimer et de croire sien l'enfant du crime, l'enfant de l'adultère... votre fils deviendra voleur malgré lui, car il volera le nom, le titre et la fortune du marquis, comme dès à présent il lui vole déjà son affection... vous avez commis ces infamies froidement, sciemment, et vous osez parler d'honneur.

— Mais c'est faux, mais vous calomniez votre tante, balbutia-t-il, effaré.

Elle ouvrit un coffret qui était sur sa cheminée... Ah! c'est faux... lisez. C'est le brouillon fait par ma main, l'original de la lettre à vous écrite par la marquise de Salvedro le jour de notre mariage — n'est pas dans cet hôtel, elle est entre les mains d'un homme, qui a ordre de la montrer à mon oncle... si vous me tuiez ou s'il m'arrivait à moi ou à l'enfant que je porte dans mon sein, un accident.

Mes précautions sont bien prises... tuez-moi, si cela vous plaît, mon oncle me vengera.

Cette maudite lettre, de Tressac, n'avait pu la détruire tout de suite, son oncle l'ayant accompagné dans sa chambre... le soir, il l'avait vainement cherchée... il avait fini par se persuader qu'il avait dû la brûler, puisqu'il n'en trouvait plus de traces.

Il en reconnaissait bien la teneur, et cette imprudente de Régina y disait *notre fils*. Marcelle savait tout, il n'en pouvait plus douter, il était écrasé de honte.

— J'ai été coupable, bien coupable...

— Vous avez été criminel et lâche, monsieur.

— Madame, vous...

— Oui, lâche, et quoi ! surpris par le mari, au lieu de subir le sort auquel vous vous étiez exposé... vous jouez une ignoble comédie... Moi, qui vous aimais de toute mon âme, moi, jeune, belle, riche, moi, qui avais tous les droits à épouser un galant homme m'aimant... je suis choisie par vous comme victime... vous me condamnez sans remords à cette chose épouvantable d'être liée à un homme qui ne vous aime pas... qui en aime une autre ! Vous vous êtes joué de l'amour, cette chose sainte, sacrée, je dirai même divine, car l'amour est tombé du ciel sur la terre, c'est le seul bonheur réel laissé aux humains, et, vous m'avez volé ma part de ce bonheur.

Le soir même de notre union, vous m'imposez ce que votre maîtresse à appelé un affront sanglant — et ici, dans cet hôtel — sous mon toit... Avec cette femme, vous raillez la pauvre épousée — sans mari.

Il voulut protester.

— J'ai entendu... et aujourd'hui quelle nouvelle insulte veniez-vous me faire? l'aumône de caresses immorales, car l'amour n'y était pour rien... vous auriez consenti à remplir ce que vous appelez vos devoirs de mari. Hier, vous étiez rue de Sèze avec votre maîtresse. Aujourd'hui, vous m'apportez un corps souillé, un cœur sans amour.

Et vous ne voulez pas que je vous haïsse de tout l'amour que j'avais pour vous? Et vous vous étonnez

que j'ai osé me venger par l'adultère de l'adultère,
du mensonge et de l'infamie ?

Elle était superbe de colère et d'indignation ; sa
voix chaude et vibrante prenait des intonations
âpres et mordantes qui le cinglaient au visage.

— J'ai été criminel, les circonstances ont été
telles que j'ai dû, pour sauver ma maîtresse, vous
sacrifier. J'ai été lâche, j'en conviens — Mais enfin!
l'amour, qui me tenait au cœur, peut m'excuser
jusqu'à un certain point, mais vous, Marcelle, qui
prétendez, que vous m'aimiez, vous vous êtes donc
donnée sans amour, froidement, et c'est pour satisfaire ce sentiment vil et bas qu'on nomme vengeance, que vous vous êtes déshonorée? Vous êtes
sans excuse, vous !

— Monsieur, pour les femmes de mon pays, la
vengeance est une passion si violente qu'elle peut
remplacer l'amour.

— Soyez satisfaite, vous vous êtes vengée plus
cruellement encore que vous ne pouvez le croire.

Il la salua, et il sortit, il trébuchait comme un
homme ivre, il était si livide qu'on aurait dit un
cadavre essayant de se mouvoir.

Marcelle se laissa tomber dans un fauteuil, la colère s'évanouissait en elle, un immense désespoir
s'emparant de tout son être...

Sanglotant et se tordant les mains, elle murmurait. Et toi, Henri, si tu savais combien je te hais de ne pouvoir te haïr... tu m'as dédaignée, tu m'as sacrifiée à une rivale, tu m'as imposé l'outrage d'aller même, notre nuit de noce, te vautrer dans les plaisirs immondes de l'adultère, et, lâche et misérable que je suis, je t'aime, je t'aime toujours et je n'ai que froideur et indifférence pour l'autre qui, lui, m'aime à mourir en comprenant qu'il n'est point aimé.

Elle appuyait nerveusement ses mains sur son cœur... Qu'y a-t-il donc dans ce cœur! et quoi!... ton indignité, a causé mon indignité... tu m'as poussée, Henri, à me souiller dans l'adultère... et au lieu de te maudire je t'adore! je devrais ne penser qu'à l'autre... qu'à mon enfant, et tu es toujours toi, dans mon cœur.

Bien longtemps elle se désola ainsi.

Rentré dans son appartement, Henri de Tressac, demeura de longues heures, lui aussi, plongé dans un désespoir effroyable.

L'heure du châtiment sonnait pour lui, et pour Régina. On se livre inconscient et avec une ivresse délirante, à cette chose monstrueuse faite de mensonge, de perfidies, et de vol, à cette chose qu'on nomme adultère. Le plaisir endort la conscience, puis le réveil arrive, ce réveil est terrible. Il avait déshonoré l'oncle, la nièce le déshonorant.

Qu'allait-il faire?

Se tuer!

Ce n'était pas une issue!

En se tuant, il faisait faillite au châtiment, voilà tout. Il abandonnait sa complice à la haine de sa rivale... et son fils, son cher petit Jean, que deviendrait-il si le mari outragé tuait la mère!

Marcelle, par sa mort, serait libre, elle... il réparerait ses torts envers elle... elle pourrait épouser... l'autre... le père de cet enfant qu'elle portait dans son sein!

A cette pensée, il serrait les poings avec rage, il blasphémait. C'est qu'un phénomène singulier se passait en lui... phénomène bizarre qui semblera improbable à ceux qui ne savent pas que le cœur humain a parfois des étrangetés incroyables.

Henri de Tressac avait épousé, on le sait, Marcelle de Marénos sans amour; il n'avait pas même été troublé par l'éclatante beaut' de la jeune fille.

Pendant trois mois il avait vécu sous le même toit qu'elle, sans que ses sens lui eussent rappelé qu'après tout elle était son épouse, et que la posséder était même un devoir pour lui.

Lorsqu'elle lui avait dit : Vous ne serez jamais mon mari, il avait été surpris, mais enchanté au fond, il était si amoureux de sa belle Régina, qu'il s'était senti satisfait de n'avoir pas à remplir ses devoirs d'époux.

8.

Mais voilà qu'à présent, il était remué en tout son être par cette femme qui, venait de lui jeter le défi à la face, de lui crier hautement son déshonneur.

Par cette femme qui, avec haine, avec violence, l'avait cravaché de l'épithète de lâche et de criminel.

Par cette femme qui, avec bravoure, le défiant de son regard de flamme lui avait dit : « Adultère pour adultère ! oui, j'ai un amant... oui, je serai mère. »

Il se répétait cette phrase qu'elle lui avait dit les yeux brillants de colère. — Pour les femmes de mon pays la vengeance est une passion si violente qu'elle remplace l'amour.

Il comprenait à présent que Marcelle avait une nature ardente — elle l'avait aimé avec passion — et il sentait combien elle avait dû souffrir pendant cette fatale nuit de noce...

Elle le lui avait dit... elle l'avait entendu, se rire d'elle avec Régina, sans doute aussi elle avait surpris les mystères de l'ivresse de leur passion.

Et le rouge de la honte montait à son front... et il se reconnaissait méprisable et criminel, et Marcelle, dans sa vengeance cruelle, lui apparaissait grande, il ne l'accusait plus... il songeait à ce à ce qu'elle avait dû souffrir, et il se maudissait, il maudissait Régina et il n'avait que pitié et commisération pour Marcelle.

Il la revoyait belle dans son dédain, belle dans sa colère... et il sentait qu'elle venait de le conquérir, il sentait l'amour prendre possession de son cœur.

Alors, en songeant que, par sa faute à lui, cette belle et ardente fille qui l'aimait, s'était jetée dans les bras d'un autre, une fureur sans nom s'emparait de lui, mais ce n'était point contre elle qu'il était furieux, c'était contre lui-même et contre Régina.

A présent, il se prenait à mépriser cette marquise de Salvedro.

C'était vrai, son mari l'avait élevée jusqu'à lui par amour.

Comment l'en avait-elle récompensé... en se souillant dans l'adultère, en lui imposant une paternité bâtarde... sans remords elle le laissait caresser cet enfant d'un autre... sans remords elle laisserait cet enfant hériter d'un nom et d'une fortune qui ne lui appartenaient pas.

Il avait voulu fuir, lui, pour ne plus avoir à tromper cet homme, à lui tendre la main... il avait voulu reprendre son fils.

Mais elle n'avait pas voulu... elle tenait aux plaisirs mondains, une vie de retraite dans un pays lointain l'avait effrayée.

Et enfin, elle avait eu peur du scandale... cette épouse parjure, voulait conserver une considération à laquelle elle n'avait plus droit.

Ce mariage monstrueux avait été arrangé par elle!

Il avait encore voulu à ce moment l'enlever, elle et son fils, mais elle avait refusé, elle avait préféré sacrifier sa nièce, cette belle jeune fille qui ne lui avait rien fait! Et comme elle s'était montrée cruelle envers elle... n'était-ce pas elle qui eut l'initiative de cette infamie — d'un double adultère le jour même du mariage!

Et voilà qu'à présent il se mettait à détester et à mépriser cette Régina que la veille encore il aimait tant.

Marcelle lui apparaissait belle et fort enviable dans sa légitime colère, et il ne pouvait comprendre comment il avait pu ne pas la chérir, et en honnête homme, rompre avec l'autre, en devenant son époux.

Les premiers rayons du soleil, en pénétrant dans sa chambre, le firent sortir de la torpeur douloureuse dans laquelle l'avait plongé toutes ces irritantes réflexions.

Il se leva, pour aller se jeter quelques heures sur son lit.

Une grande psyché lui renvoya son image; il lui parut qu'il venait de vieillir de dix ans en ces quelques heures,

V

CE QUI S'ÉTAIT PASSÉ LA NUIT DU 26 OCTOBRE

Dans une grande chambre de l'hôtel Malesherbes, un jeune homme veillait, malgré l'heure avancée de la nuit.

Il avait à peine vingt-cinq ans, grand, mince, la tournure aristocratique, l'allure indolente, il possédait cette douce beauté, apanage des hommes nés dans les pays chauds, qui semblent ne vivre que pour aimer, et dont les yeux ne savent bien que refléter les passions amoureuses.

Mais ce soir-là, l'amour ne faisait pas briller les yeux de Georges de Sirvanos.

Il pleurait.

Sa tête dans les mains, les doigts crispés sur les

boucles de sa noire chevelure ondulée ayant des reflets bleus... il pleurait à sanglots.

Ce grand enfant avait l'air d'une femme déguisée en homme.

Il pleurait de grosses larmes âcres qui formaient comme des sillons sur ses joues.

Sur la table, devant lui, il y avait deux lettres, non encore cachetées, et une grande feuille de papier écrite et paraphée : c'était son testament.

A côté, un mignon revolver à crosse d'argent, attendait tout armé.

Et il pleurait toujours.

On aurait dit qu'il demandait aux larmes les dernières voluptés de la vie !

Soudain, deux coups, secs, nerveux, furent frappés à la porte de sa chambre.

Il tressaillit. Qui pouvait venir à cette heure ?

D'un air effaré, il retourna du côté blanc son testament ; il cacha avec son mouchoir le revolver.

Sans attendre qu'il eût dit — entrez — la porte s'ouvrit et Carmen fit irruption dans la chambre.

— Toi ici, ma bonne Carmen ! Oh ! merci d'avoir songé à venir me dire un dernier adieu. Tu as bien compris, n'est-ce pas, que je ne voulais plus vivre.

Il s'était levé, il allait à elle la main tendue.

— Oh ! mon Dieu, tu allais donc te tuer ? fit la mulâtresse.

— Me crois-tu assez lâche pour vivre alors que celle que j'aime appartient à un autre?

— Elle n'appartient à personne, Georges!

C'était Marcelle qui entrait, elle aussi, dans la chambre du jeune homme et qui venait de dire cela.

En l'apercevant, il poussa un cri; il voulut s'élancer vers elle, mais la surprise, l'émotion, avaient été trop violentes; il pâlit, se retint à un meuble, sentant ses jambes se dérober. Les deux jeunes filles n'eurent que le temps de se précipiter vers lui, pour l'empêcher de tomber sur le parquet.

A elles deux, elles le portèrent sur un divan, il était évanoui, elles lui firent respirer des sels, mouillèrent son front avec de l'eau fraîche.

— Vois, comme il est devenu beau, disait Carmen, à présent c'est un homme, ce n'était qu'un adolescent lorsque nous avons quitté le Brésil.

— Marcelle ne pouvait s'empêcher de se dire que la mulâtresse avait raison, Georges était devenu un homme et il avait une figure douce et sympathique.

— C'est une homme de cœur, lui, continuait Carmen... regarde il allait se tuer... découvrant le pistolet — il est chargé, tu vois... et, tiens, voici une lettre qu'il t'adressait.

Elle lui donna une des lettres qui se trouvaient sur la table.

Elle portait l'adresse de Marcelle Morénos.

Elle ne contenait que ces quelques mots : « Marcelle, ne te reproche pas ma mort... je me tue pour me punir de n'avoir pas sû me faire aimer par toi — sois heureuse. c'est mon vœu le plus ardent, Ton Georges. »

Marcelle fut profondément remuée, par cet amour doux et bon, qui savait mourir mais qui ne savait pas maudire.

Des larmes jaillirent de ses paupières.

— Oh ! comme il m'aime lui ! s'écria-t-elle, puis d'un brusque mouvement elle se jeta à genoux près du jeune homme dont elle embrassa le front et les cheveux.

Sous l'effluve de ses caresses, Georges fit un mouvement et il ouvrit les yeux.

En revenant à la vie, ses idées étaient troublées encore, il ne se souvenait de rien, il fixa un regard effaré sur Marcelle et sur Carmen, il se crut le jouet d'un beau rêve, il referma les yeux.

— Georges... Georges... comment te sens-tu ?

A cette demande faite doucement par Marcelle... il ouvrit encore les yeux... Oh ! mon Dieu, ayez pitié de moi, je suis fou, murmura-t-il.

Marcelle pria tout bas la mulâtresse d'aller dans la chambre à côté. Je veux, lui dit-elle, lui conter ma triste histoire et le prier d'aller bien vite au Brésil parler à mon oncle Moréros.

Carmen la laissa seule avec Georges, il s'était levé, il fixait un regard affolé sur la jeune fille.

Elle le fit asseoir et elle s'assit à côté de lui.

— Toi... toi... mon adorée... mais je rêve.. toi près de moi ... ce matin le prêtre ne t'a donc pas liée à l'autre?

— Tu n'es pas fou et tu ne rêves pas, pardonne-moi, Georges, je crois que Carmen a raison, cet homme m'a jeté un sort... mais vois si tu es assez vengé.

Et elle lui conta tout.

Lorsqu'elle eut fini, il se leva... oh'! les misérables ! il appartient à Salvédro de punir sa femme, moi je me charge de ton... du vicomte de Tressac.

— Je viens en effet, te demander aide et protection, mais je ne veux pas que tu te battes avec mon mari. On croirait que c'est la jalousie qui t'a mis l'arme à la main, l'on supposerait que j'étais ta maîtresse, je serai déshonorée.

— Tu as raison, mais que faire a' ors.

— Voici ce que j'ai décidé, j'ai besoin de ton dévouement.

— Je t'appartiens corps et âme.

— Il y a des choses qu'on ne peut écrire, tu vas repartir pour le Brésil, tu diras tout ce que je viens de te confier à mon oncle Morénos, tu lui diras qu'il faut qu'il vienne de suite.

9

— Il t'aime tant que tu peux être sûre qu'il prendra le premier bateau en partance.

— Lorsqu'il sera ici, cette infâme lettre en main, il parlera à M. de Tressac et à sa maîtresse, comme un parent et un homme de son âge a le droit de le faire, il sommera M. de Tressac de l'aider à rompre notre union... j'irai à Rome avec mon oncle, cette lettre prouvera que le mariage n'a pas été consommé, j'espère que le pape le dissoudra, et alors !

— Alors, fit Georges en se jetant à ses pieds et en fixant sur elle un regard anxieux.

— Alors, si tu m'aimes toujours nous nous marierons.

— Oh ! ma bien-aimée, si je t'aime — si je t'aimerais toujours, peux-tu en douter — l'amour que j'ai pour toi est de ceux que rien ne peut affaiblir, — tu es ma vie.

Il s'assit près d'elle, il l'enlaça par la taille. Oui parlons de ce doux passé, tu m'aimais bien, toi aussi; nos mères, veuves toutes deux, s'aimaient comme deux sœurs. Leur rêve était de nous marier ensemble. Moi, tu n'avais encore que dix ans que déjà je te trouvais si belle que je t'aimais d'amour; au lycée je songeais à toi, je t'adressais des vers dans lesquels je te dépeignais ma flamme, ta gracieuse image passait comme une vision céleste entre mes livres et mes yeux... Les livres n'étaient point appris... et j'étais puni. Ah ! chère mignonne, que de punitions tu m'as valu. Une seule m'était sensible: celle qui me privait de sortir... comme je pleurais en me disant que de huit grands jours je ne te verrais plus. Depuis que mon cœur d'adolescent s'est réveillé, aucune autre femme que toi ne l'a fait battre.

— Cher ami, je le sais, toi, tu m'aimes bien.

— Je t'aime, mon amie, comme on aime l'air qu'on respire, le soleil qui réchauffe... Ce que j'ai souffert là-bas après ton départ !.. Ma pauvre mère, prenant ma peine en pitié, allait venir en France te retrouver, lorsque la maladie qui l'a emportée l'a prise... Elle est morte en t'appelant, en te criant: « Marcelle, aime le bien mon pauvre Georges qui n'aura plus que toi. »

A ce souvenir, il se remit à sangloter, sa mère et Marcelle avaient été les deux adorations de son cœur.

Marcelle pleura avec lui ; elle avait aimé, elle aussi, d'une tendre affection cette amie de sa mère.

Enfin ? elle voulut consoler son ami ; laissons, lui dit-elle tendrement, ce sombre et douloureux passé, pensons à l'avenir.

— Comme il sera radieux pour moi si tu m'aimes! il la serra tendrement sur son cœur, il couvrit de baisers ardents ses cheveux fauves...

. . . .

Les anges, nous devons en convenir, ont une grande supériorité sur nous, pauvres humains, ils ne sont qu'esprit et qu'âme, ils peuvent braver impunément les défaillances de la chair.

Georges était un homme au sang brûlant, il était amoureux jusqu'à mourir de son amour méconnu.

Marcelle, était une fille de vingt ans, née, elle aussi, sous un climat de feu. Elle venait tantôt, en écoutant le vicomte de Tressac et Régina se livrer aux transports de leur amour coupable, de perdre sa virginité morale.

Comment ceci arriva-t-il ? eux-mêmes n'auraient su le dire.

Mais enfin ! ceci fut. Ils s'unirent et, réveillée du vertige d'un moment d'ivresse, Marcelle désespérée, honteuse, dit tristement :

— Hélas, me voilà, moi aussi, adultère !

— Puisque tu seras ma femme, fit Georges en la serrant une fois encore passionnément dans ses bras !

— Oh ! je ne regrette rien. Je t'aime, et je me suis vengée.

Mais tout bas elle se disait. Oh ! comme je le hais cet époux parjure qui, non content de se jouer de moi, m'a jetée dans l'adultère !

— Tu es ma fiancée, mon épouse devant Dieu ! lui murmurait tout bas Georges.

— Y aura-t-il bientôt un bateau pour le Brésil? demanda-t-elle d'un air soucieux.

— Le 5 janvier, la *Bonne Madone* partira du Havre.

— Le 5 janvier! comme c'est long!

— Oui, c'est long. Ton oncle ne pourra partir qu'en avril, je devrai rester trois ou quatre mois à t'attendre là-bas, ma belle fiancée. Enfin l'avenir est à nous.

— Oui, l'avenir est à nous, fit-elle d'un air sombre, mais le présent est triste ; je dois rentrer dans l'hôtel de cet homme que je hais.

— Tu viendras me voir chaque jour, Marcelle?

— Aussi souvent que la prudence me le permettra.

Carmen, réveillée par eux, déclarait qu'il valait mieux ne plus rentrer dans cette maison maudite et se cacher quelque part en attendant l'arrivée de M. de Morénos.

Marcelle eut bien de la peine à lui faire comprendre qu'elle devait quitter son mari le front haut et non en coupable et en fugitive.

Elle rentrèrent sans encombre chez elle.

Arrivées dans la chambre de Marcelle, elles s'approchèrent de la fenêtre, attirées par le spectacle magique du soleil qui commençait à empourprer l'horizon.

9.

Soudain, une ombre blanche, comme un blanc fantôme, traversa rapidement le jardin.

C'était Régina, qui quittait son amant pour regagner la couche maritale.

— Oh! les infâmes! s'écria Marcelle, en menaçant, de son poing crispé, l'ombre qui s'enfuyait... Tu sais Carmen, fit-elle d'un air farouche, je me suis vengée... je suis à Georges.

— La vengeance est douce au cœur, tu as bien fait, ma sœur. Mais, en vérité, voici une singulière nuit de noce!

— Une triste nuit, Carmen, répondit Régina.

. . . .

Le lendemain, en revoyant Henri de Tressac, Marcelle s'était senti prise d'une haine féroce contre lui, et cete haine faisait qu'elle était heureuse de l'avoir trompé, heureuse de l'avoir déshonoré, et elle s'était montrée gaie, spirituelle, elle avait eu des mots heureux et piquants, elle avait voulu lui montrer que l'affront reçu la veille lui avait été indifférent.

Mais lorsque, le soir venu, il avait voulu devenir son mari, le dégoût lui était monté aux lèvres et, on le sait, c'est avec colère et dédain qu'elle lui avait dit: «Jamais.»

Pendant quelque temps elle se fit illusion; de bonne foi, elle crut qu'elle adorait Georges et qu'elle détestait Henri.

Elle allait voir son amant, elle se donnait à lui, fiévreusement, avec emportement ; elle voulait l'aimer comme elle avait aimé le parjure, et, parfois, sentant qu'elle ne pouvait y parvenir, et que même dans les bras de Georges elle aimait encore l'autre, il lui prenait un désespoir fou ; volontiers elle aurait crié : Mais fais-toi aimer, Georges, mais chasse de mon cœur l'image de celui que je veux haïr.

— Georges ne pouvait comprendre la vraie cause de ses larmes, et dans sa candeur d'honnête homme, il se figurait qu'elle pleurait de honte de se donner à lui sans être son épouse devant Dieu.

Alors il lui répétait encore : — Ne pleure pas, mon aimée, avant que l'année finisse je serai ton époux. Dieu nous pardonnera, nous nous aimons tant !

Mais elle ne put se faire illusion longtemps... non elle n'aimait pas Georges d'amour... elle n'avait pour lui, qu'une affectueuse tendresse... et au fond de son cœur, était toujours ardent et vivace l'amour qu'elle avait voué à Henri de Tressac.

Alors elle n'eut plus la force de se donner à Georges, ses caresses lui faisaient éprouver le supplice de se sentir vile et sans excuse dans sa faute.

Elle vint moins souvent le voir et lorsqu'elle venait elle prenait mille prétextes pour arrêter les élans amoureux de son amant.

Et Georges n'osait pas se plaindre tant il avait

peur de lui déplaire, — mais comme il pleurait lorsqu'elle était partie.

Carmen, élevée avec Marcelle, était aussi une amie d'enfance du jeune homme qui l'aimait beaucoup, surtout à cause de l'affection passionnée que la mulâtresse avait pour sa sœur de lait.

C'était elle qu'il prenait pour la confidente de sa douleur... — Elle ne m'aime pas... elle ne m'aime pas, — lui disait-il en sanglotant.

— Elle t'aime, ne vas pas te rendre malheureux, mon pauvre Georges, l'autre lui a jeté un sort, — mais lorsque nous serons là-bas, dans notre chère patrie, le maléfice cessera... et alors elle t'aimera comme tu désires être aimé.

— Mais si tu savais combien est âpre la douleur de ne pas se sentir aimé ?...

La mulâtresse lorsqu'il disait cela, prenait un air farouche, un jour elle lui répondit, — je la connais depuis longtemps cette douleur-là.

— Et quoi ! fit Georges, tu as un amour malheureux dans le cœur, ma pauvre Carmen...

— Laissons mon cœur et ma douleur, fit-elle brusquement, je ne suis qu'une fille de couleur moi... et je n'ai pas même le droit d'aimer.

Il lui prit la main : — chère Carmen, — confie-moi ton chagrin; tu le sais, je t'aime comme si tu étais ma sœur. — Si tu aimes un homme et qu'une forte somme d'argent puisse arranger le mariage, dis un mot, je suis riche et je serais heureux de contribuer à ton bonheur.

Elle retira brusquement sa main... — Ne parlons pas de moi, mais de toi que je veux heureux; moi je n'ai besoin de rien, des millions ne pouraient faire que je ne sois pas de race noire.

Ils causaient de Marcelle, Georges éprouvait un âcre bonheur à redire des centaines de fois à la mulâtresse toute la force de l'amour qu'il avait pour la jeune femme.

Elle l'écoutait les yeux baissés, les seins palpitants... et elle murmurait : — Tu sais bien aimer toi !

Un jour, Marcelle arriva à l'improviste chez Georges, elle était très pâle et toute troublée.

— Mon Dieu ! fit-il en pâlissant aussi, qu'as-tu, Marcelle ?

Elle repoussa le jeune homme qui voulait la serrer sur son cœur, elle s'assit dans un fauteuil et elle fondit en larmes.

Il s'agenouilla devant elle... — Parle, j'ai peur, qu'as-tu, quel est le malheur qui nous menace ?

— Je suis enceinte, Georges.

Lui, se levant tout joyeux, fit un bond de joie... — Oh quel bonheur... comme je vais l'adorer cet enfant...

Et, s'asseyant à ses pieds sur un tabouret... — Pourquoi pleures-tu, tu n'es donc pas heureuse de penser que nous aurons un beau bébé à aimer, ma belle Marcelle, ma femme adorée !

— Tu oublies notre terrible situation, grand enfant... nous ne sommes qu'aux premiers jours de décembre, je suis enceinte d'octobre probablement, lorsque mon oncle arriverait mon état de grossesse ne pourrait être dissimulé ; que lui dirai-je ? ma faute excuserait celle de mon mari... comment aller demander en cette position au Saint-Père de dissoudre mon mariage ?

— C'est vrai, fit-il en baissant la tête.

Elle pleurait, lui réfléchissait.

— Sais-tu, Marcelle, ce que nous devons faire, dit-il soudain.

— Moi je ne vois aucune issue.

— J'en ai trouvé une... je vais écrire au Brésil qu'on réalise ma fortune et qu'on me l'adresse en Amérique, et en prenant le chemin des écoliers pour qu'on perde nos traces, nous irons aux États-Unis.

— Je serai ta maîtresse car nous ne pourrons pas nous marier... notre enfant sera un bâtard... et l'autre, le fils du vicomte de Tressac et de Régina de Salvedro, sera fils légitime et héritier du marquis de Salvedro.

Elle fit cette remarque avec un accent de colère.

— Si nous voulons nous faire naturaliser, nous obtiendrons le divorce.

— Peut-être... mais pour être bénie par l'Église, nous devons parjurer la religion de nos pères, — l'Église catholique ne reconnaît pas le divorce, tu le sais bien.

— Laisse-moi provoquer ton mari, il ne me connaît pas... je prendrai un prétexte futile, j'irai au cercle, aux cafés où il va... chaque jour il y a des duels pour un geste, pour un mot, tu ne seras pas compromise, Marcelle.

— Si tu le tues, je ne pourrai pas t'épouser... le monde trouverait monstrueux que je devienne la femme du meurtrier du père de mon enfant.— Aux yeux du monde et aux yeux de la loi, il est le père de l'enfant que je porte.

— Mon Dieu, c'est vrai.

— S'il te tue, je reste sans protecteur, mon enfant n'aura pas de père.

— Eh bien ! allons en Amérique, en Australie, aux Indes, où tu voudras.

— Il faudra bien partir...

Je vais réfléchir, je te dirai où je me décide à aller, du reste il faudra être prudents... mais de Tressac va parfois dans ses terres, et nous profiterons d'une de ses absences pour fuir.

Quelle joie pour lui, quelle joie pour sa maîtresse, lorsqu'ils seront débarrassés de moi et qu'ils pourront dire que Marcelle de Morénos n'était pas une honnête femme.

— Mais tu as les preuves en main de leur infamie.

— Oui, mais je ne m'en servirai pas, j'aime mon oncle et je ne veux pas le désespérer... et enfin, ce pauvre petit Jean, est innocent de tout crime, lui !

— Ne songes plus à eux, Marcelle, pensons à notre avenir. Je te le jure, tu seras heureuse, ton bonheur sera ma seule préoccupation.

Lorsqu'elle fut partie, Georges pleura, mais de joie... Elle serait à lui, bien à lui à présent qu'elle portait dans son sein un fruit de leur tendresse... Il se mit à reprendre confiance en l'amour de Marcelle, expliquant ses absences, ses froideurs, par son état de grossesse... et, en ceci égoïste comme les amoureux, il était heureux de la savoir mère ; la maternité la ferait bien sienne, se disait-il.

Marcelle était souverainement triste... Elle devait fuir, s'exposer au mépris de tous. Et, ce qui lui était plus pénible encore, au mépris de Tressac... Elle devait se condamner à aller finir ses jours avec un homme dont elle ne serait que la maîtresse et qu'elle n'aimait pas d'amour et abandonner celui qu'elle aimait en dépit de tout.

Malgré ces sombres préoccupations, lorsqu'elle était avec son mari ou avec Régina, elle affectait une gaîté et un enjouement bien loin de son esprit.

Cette gaîté factice, qu'ils croyaient réelle, intriguait très fort Régina et Henri.

Il était inadmissible, en effet, qu'ayant épousé Henri par amour, elle ne fût pas mortellement blessée de voir qu'il ne mettait pas plus d'insistance pour être enfin son mari.

Le 20 décembre, Carmen entra le soir dans la chambre de Marcelle, la figure bouleversée, les yeux gonflés par les larmes.

Marcelle la fit asseoir près d'elle et elle s'enquit du sujet de sa peine.

Au milieu de sanglots convulsifs, la mulâtresse lui apprit que Georges avait eu le matin un affreux vomissement de sang qui l'avait laissé comme mort.

— Mais! s'écria Marcelle... vite, vite, il faut lui envoyer un médecin.

J'ai été en chercher un, un des plus célèbres, m'a dit le pharmacien qui a fait la potion.

— Eh bien! fit anxieusement la jeune femme.

— C'est une phtisie galopante... Il est perdu s'il ne quitte pas bientôt ce maudit Paris.

Carmen sanglotait.

Marcelle était devenue toute pâle de saisissement. Si elle ne l'aimait pas d'amour, elle avait une grande tendresse pour lui, et, enfin, il était le père de cet enfant qu'elle commençait à sentir tressaillir en elle.

— Je n'ose sortir ce soir, dit-elle, et pourtant je voudrais bien qu'il ne restât pas seul dans cet hôtel.

— Je retourne près de lui, je ne suis venue que pour te prévenir et aussi pleurer à mon aise; auprès de lui je dois sourire, il ne faut pas qu'il s'effraie.

— Va ; demain, de bon matin, j'irai le voir.

Marcelle ne dormit pas de la nuit, et le lendemain dès huit heures elle sortait, son livre de messe à la main.

Elle entra dans l'église Saint-Augustin et elle pria ardemment Dieu de lui pardonner sa faute et de conserver un père à son enfant.

Georges avait eu un second vomissement de sang dans la nuit.

Une toux sèche, douloureuse et opiniâtre lui déchirait la poitrine.

Carmen avait fait appeler le même docteur, il avait examiné avec soin le malade et il avait prescrit une potion au créosote.

La mulâtresse descendit dans la rue avec lui afin de l'interroger.

— Êtes-vous sa parente? lui demanda-t-il.

Elle répondit qu'elle avait été une amie de sa mère et qu'elle était comme une sœur pour lui.

Il lui demanda de quelle maladie étaient morts son père et sa mère.

Elle se souvint avoir entendu dire que son père était mort poitrinaire.

Le docteur déclara que ceci rendait plus grave encore la situation du jeune homme, puisque la phtisie pouvait être héréditaire. Il ne pourrait que prolonger sa vie, sans nul doute.

Elle parla de l'emmener de suite dans un pays chaud.

Il lui répondit que tout déplacement dans l'état où il se trouvait serait mortel pour lui. Il promit de revenir le lendemain et de tenter tout le possible pour enrayer ce terrible mal.

Marcelle, en apercevant Georges, fut épouvantée des ravages que la maladie avait déjà opérés sur son visage.

Sa face était décolorée, ses lèvres pâles, un cercle bleu entourait ses yeux.

Mais, dès qu'il aperçut sa bien-aimée, un nuage rose colora ses joues. Il lui sourit doucement : — Ce ne sera rien... dans huit jours je serai debout... et dans quinze jours nous pourrons partir.

— Le médecin a défendu de te laisser parler, fit Carmen.

— Il faut obéir, mon Georges, si tu veux être vite guéri.

Marcelle, en lui disant cela, l'embrassait sur le front, puis, s'asseyant à côté du lit et prenant dans ses mains une des mains brûlantes du jeune homme : — Sois sage, reste là bien tranquille. Et, comme une mère conte à son bébé bien malade des histoires pour lui faire oublier ses souffrances, elle lui parla du Brésil, et de leur enfance.

Il la regardait comme un dévot regarde la madone, avec extase.

— Parle-moi de l'avenir ; dis-moi, Marcelle, comment nous arrangerons notre palais, là-bas, loin, bien loin de ce vilain Paris.

En l'entendant parler de l'avenir, le cœur de la jeune femme se serra, il lui fallut une grande force de volonté pour refouler les larmes qui lui montaient aux yeux.

Elle se mit, pour lui complaire, à détailler une habitation originale et unique ; nous l'adosserons, disait-elle, à une des chaînes des montagnes rocheuses, de ces montagnes qui ressemblent à un arc-en-ciel pétrifié. — Nous chasserons le buffle et l'antilope.

— Nous ne nous quitterons jamais, murmurait-il.

— Non, jamais, Georges.

Pendant une heure elle lui parla ainsi. Enfin le malade, très affaibli, s'endormit.

— Je reste, moi, dit Carmen ; nul ne s'occupe de moi à l'hôtel, mon absence ne sera pas remarquée.

— Oui, ne le quitte pas, mais viens ce soir me donner de ses nouvelles.

Marcelle rentra chez elle la mort dans l'âme et elle eut beaucoup de peine à reprendre son masque de femme heureuse et enjouée.

La maladie allait toujours en s'aggravant. Marcelle apprit du docteur lui-même que Georges en avait à peine pour quelques mois.

Lorsque l'enfant que nous portons en nous commence à tressaillir, il éveille en notre cœur cet amour maternel qui nous rend capable de tous les dévouements, de tous les héroïsmes même.

Marcelle sentait se mouvoir et frémir en elle cet enfant de l'adultère.

Un amour maternel ardent, comme tous les sentiments qu'elle ressentait, prenait possession de son cœur.

— Il faut, se dit-elle, que mon fils ne soit pas un bâtard, il faut qu'aucune tache originelle ne le souille dès sa venue au monde.

Le petit Jean, fils d'Henri de Tressac, est fils légitime du marquis de Salvedro.

Mon enfant sera légitime, il portera le nom du

10.

vicomte de Tressac. Georges mort, je serai seule à l'aimer, mais je saurai bien l'aimer pour deux.

Henri de Tressac et la marquise de Salvedro ne se considèrent pas comme des criminels pour avoir imposé à mon oncle un enfant qui est le fruit de l'adultère; nous verrons bien s'ils oseront me dire que moi, leur victime, que moi, outragée par un mari qui m'a sacrifiée à sa maîtresse, j'ai commis un crime pour avoir fait ce qu'ils ont fait.

On l'a vu, soutenue d'une part par l'amour maternel et de l'autre par son désir de se venger d'Henri de Tressac, elle avait imposé sa maternité avec une rare audace.

VI

COMMENT ON SE QUITTE APRÈS S'ÊTRE TANT AIMÉ

Si les femmes qui ont eu le malheur de laisser se glisser en leur cœur un amour coupable, un amour adultère, avaient, avant de se donner à celui qu'elles aiment, la vision de ce que sera un jour la rupture!

Si un génie, bienveillant pour elles, leur montrait celui qui les charme et qui les adore, tel qu'il sera pour elles lorsque les feux de sa passion seront éteints.

Si ce miracle pouvait être, aucune femme ne succomberait.

L'amour est un sujet sublime que tous les auteurs ont traité. Pourtant, l'amour dans ses surprises et dans ses mystères est encore pour nous le grand incompris, l'inexplicable et l'inexpliqué,

Peut-on dire ce qui le fait naître en nous?

Non.

Nous avons vu des hommes nous aimer à mourir de notre indifférence, l'amour n'a pas pris, possession de notre être, et pourtant nous aurions voulu pouvoir aimer.

Nous avons vu des hommes beaux, bons, spirituels, nous prouver qu'ils nous aimaient, rien n'a tressailli en nous.

Un homme a fait preuve envers nous d'un dévouement sublime, nous lui en savons gré, mais l'amour ne s'est point allumé en nous! Soudain, un homme se présente, souvent il n'est pas beau, parfois il est nul, et voilà que cet homme fait naître en nous ce doux et mystérieux amour!

Notre esprit s'étonne, il se pose des pourquoi sans fin, fort inutilement, car il ne peut trouver la solution à cette question : pourquoi ai-je de l'amour pour lui?

Un homme voit une femme belle, séduisante, spirituelle, il reste froid et calme.

Un jour, il se rencontre avec une femme de beauté médiocre et parfois laide, elle a peu de grâce moins d'esprit encore et voilà qu'il se trouble, son sang s'allume, l'amour a pris possession de lui. Ce n'est ni la beauté, ni la vertu, ni l'esprit qui font naître l'amour entre deux êtres, c'est un je ne sais quoi mystérieux.

Tout comme, on a soudain un violent accès de fièvre, que le docteur constate mais sans pouvoir en expliquer la cause, de même on est pris du mal d'amour sans savoir ni pourquoi ni comment.

Un seul bon préservatif, c'est dès le premier symptôme, de fuir celui qui va vous l'inspirer.

Compter sur sa vertu, sur sa force morale, chimère!

Le jugement à porter sur l'amour, qui me paraît le plus étudié, c'est celui-ci :

L'amour est une maladie, ayant ses symptômes, ses effets et produisant tels et tels phénomènes, mais n'ayant pas de cause comme la fièvre cérébrale par exemple — elle vient sans qu'on sache pourquoi tout comme on ignore la cause de sa fin.

Chaque maladie produit des effets différents.

L'amour, entr'autres effets, a celui d'oblitérer le sens moral, même chez l'homme possédant une nature honnête et droite.

N'avez-vous pas vu, bien des fois, un homme délicat et loyal, s'indignant en toute franchise contre l'homme qui, comme un escroc, vole à son ami ce qu'il a de plus précieux : son honneur et sa femme.

Il ne trouve pas de termes assez forts contre celui qui impose à un mari l'enfant de l'adultère... S'il a du génie il écrit des choses superbes pour flageller cet homme sans foi ni loi, s'il est éloquent, il fait un réquisitoire superbe contre ce pire des voleurs.

Puis, un jour, ce fatal mal d'amour se déclare en lui, et voilà que le caractère distinctif se manifeste, son sens moral est si bien oblitéré que, sans remords, il trompe son ami le plus intime, il lui impose l'enfant de l'adultère sans même songer qu'il commet un crime.

Il séduit une belle et pure jeune fille, sachant bien qu'il ne l'épousera pas et qu'elle sera perdue.

Il fait toutes ces vilenies d'un cœur léger.

Il dépense, pour persuader à la femme qu'il désire que l'amour excuse tout, même l'adultère, cette même éloquence qu'il dépensait jadis pour flétrir cette chose.

Si la femme résiste; tant que le mal amour le tient il la traite de bonne foi, de sotte, de prude ridicule, de femme sans cœur. S'il parvient à la faire faillir, tant que son amour dure, n'allez pas lui dire qu'elle est coupable car il la trouve la plus pure et la plus digne des femmes, volontiers il s'écrirait : — C'est un ange !

Aime-t-il beaucoup les enfants adultérins qu'il impose au mari ?

Ici, un phénomène étrange se produit souvent !

Il trouve naturel que le mari ait la charge de les élever, de pourvoir à leur entretien, et qu'en plus il leur témoigne de l'affection.

J'ai connu un homme, qui passe pour un fort galant homme, il n'a jamais commis la moindre indélicatesse, en dehors de celle-là ; il est riche et il occupe une haute situation.

Il a eu une liaison qui a duré dix ans avec une femme mariée ; sur quatre enfants, que celle-ci a donné à son mari, trois sont de son amant.

Le mari, tout en travaillant dur, n'arrive pas à mettre les deux bouts. Lorsqu'on plaint ce pauvre diable, l'amant s'écrie avec aigreur ; — il ne travaille pas assez, il s'amuse ; sapristi, lorsqu'on a quatre enfants on doit *bêcher* dur et se priver du café et autres distractions.

Et lui qui a déposé ses enfants dans le nid d'un autre, s'amuse, jouit de sa fortune en sybarite, et sa conscience est en repos.

Il ne trouve pas cela monstrueux, sur tout le reste son sens moral est droit, en ceci il est perverti.

Il est très rare qu'un homme aime l'enfant né de l'adultère.

S'il a pour lui quelque affection ; généralement lorsque son amour pour la mère s'est éteint, cette affection se change en parfaite indifférence.

Sans regret, sans remords, il s'éloigne de la mère, il abandonne ses enfants au père, selon la loi et c'est bien rare qu'il prenne cure de ce qu'ils deviennent.

Si l'on était tenté de me dire qu'en insinuant que

l'amour est une simple maladie, j'excuse ceux qui en son atteints et j'innocente ceux à qui il fait commettre des fautes, je dirai :

C'est vrai, mais je signale les dangers de cette horrible maladie dont le caractère distinctif est d'oblitérer cette chose divine et sacrée que nous possédons en nous, et qu'on nomme sens moral.

On se gare de la peste, des fièvres, du choléra ; qu'on essaye de se garer de la maladie de l'amour, alors que cet amour ne peut être que coupable,

Lorsqu'on se sent menacé d'une maladie grave, on fuit la cause qui peut la faire germer en nous, et l'on se soigne.

Qu'on fasse la même chose pour cette maladie-là.

On l'a fait bien des fois remarquer, et c'est très exact, rarement une grande passion laisse au cœur une bonne et franche amitié.

— Je l'ai trop aimé pour que la haine ne soit pas née en mon cœur ! s'écrie une femme que son amant a cessé d'aimer.

— Je la hais de toute la fougue de l'amour que j'avais pour elle ! s'écrie un homme lorsqu'une maîtresse encore aimée à rompu avec lui.

Ceci pourrait paraître étrange, et c'est bien naturel en se mettant au point de vue de l'amour, maladie dont un des caractère, est d'oblitérer le sens moral, je le répète.

L'action d'oblitérer n'est pas entièrement destructive, elle efface d'abord légèrement, elle laisse suivant la durée des traces plus ou moins profondes.

Voici ce qui rend les ruptures poignantes pour celui des amants qui aime encore, alors que l'amour a pris fin chez l'autre.

Le mal ayant disparu, son effet disparaît aussi, le sens moral se réveille. Si c'est une femme adultère qui soit ainsi guérie, elle comprend soudain toute l'horreur de cet amour, elle rougit des mensonges et des perfidies qu'il lui a fait commettre, elle sent tout l'avilissement dans lequel elle est tombée. Alors elle est prise, ou d'une haine farouche contre celui qui l'a fait faillir, ou bien il ne lui inspire plus qu'une sorte d'indifférence dédaigneuse.

Elle se souvient de toutes les belles phrases éloquentes qu'il lui a dites pour lui présenter l'adultère comme une chose non coupable.

Elle se rappelle les pièges habiles qu'il a tendus à sa vertu et elle lui en veut mortellement.

Elle oublie ses faiblesses, ses defaillances; de bonne foi elle le croit seul coupable de sa chute.

L'amant, toujours amoureux, est un beau jour fort surpris des reproches sanglants que lui fait cette femme qui, souvent, dans sa colère, va jusqu'à l'insulte.

Il s'étonne, il ne comprend pas.

11

Il se désole, il pleure, supplie, il mendie une caresse d'amour qu'on lui refuse brutalement, ou tout au moins obstinément.

Elle lui parle des devoirs, du mari fort respectable en somme et qu'ils ont été bien criminels de tromper.

Malheur à lui s'il risque une raillerie, une plaisanterie de mauvais goût contre ce mari, car la femme se fâchera, elle le rappellera durement au respect de son époux.

Il comprend de moins en moins.

Devant une rupture sèchement signifiée, il s'en va furieux, il maudit sa maîtresse, il l'accuse d'inconstance, il l'appelle parjure à ses serments, il se figure qu'elle a un autre amant, et que c'est pour cela qu'elle lui donne congé.

Il l'accuse d'être dévergondée et légère.

Il se sent pris d'une colère haineuse envers elle.

Ainsi se termine une liaison qu'ils avaient crue éternelle.

Ainsi finit une passion violente.

Ainsi s'éteint un amour adultère.

S'il a eu des enfants de cette femme, l'homme, le plus souvent, oublie cette paternité; l'autre, le mari, peut en faire ce qu'il voudra, les choyer ou les maltraiter, peu lui importe! la loi l'en a fait le père, il est bien libre d'agir à sa guise.

Lorsque c'est l'homme qui, le premier, est guéri du mal d'amour, les choses se passent à peu près de la même façon.

Du reste, notre héroïne, la marquise de Salvedro, va nous fournir un exemple de l'attitude de la femme et de ses sentiments en semblable occurrence.

. . . .

En sortant à son bras des salons impériaux, Régina avait dit tout bas à Henri de Tressac de ne point manquer de venir le lendemain, vers quatre heures, rue de Sèze, pour lui dire de quelle façon Marcelle lui aurait expliqué la singulière annonce faite par elle de sa grossesse.

Henri de Tressac n'aimait plus Régina.

Pourquoi?

Était-ce parce que le déshonneur qui venait le foudroyer était le résultat de la conduite qu'elle lui avait imposée?

Non!

Aimait-il Marcelle parce qu'elle s'était horriblement vengée!

Non.

Il n'aimait plus Régina, par la raison simple que, soudain et sans qu'il se rendît compte du pourquoi, son grand amour pour elle s'était éteint. — Le fiévreux se réveille un beau matin la tête dégagée.

Il aimait Marcelle par la simple raison encore que, sans qu'il se rendît compte du pourquoi, une passion ardente et violente venait de le mordre au cœur.

Il se demandait, de la meilleure foi du monde, par quel aveuglement inouï il avait pu vivre indifférent et calme auprès d'elle.

Il ne la méprisait pas, il l'excusait, la plaignait, mais il se sentait pris au cœur par une jalousie féroce envers celui qui l'avait possédée.

Il vint au rendez-vous donné, avec la ferme intention de rompre une liaison qui lui devenait odieuse.

Régina, agitée, nerveuse, avait devancé l'heure, elle pensait que la ruse de sa rivale aurait réussi. L'idée que son amant aurait été peut-être le mari de sa femme la faisait souffrir.

Elle se trouvait encore dans la période aiguë de la maladie, de l'amour si vous préférez.

Elle se savait belle, mais Marcelle aussi était belle, plus belle qu'elle peut-être.

— S'il allait devenir amoureux de sa femme... s'il allait ne plus m'aimer.

Et elle pleurait de rage.

De Tressac arriva, le visage pâli par une nuit sans sommeil, par une nuit d'angoisse.

Il était sombre, glacial.

Elle le regarda dans les deux yeux.

— Ah! je ne m'étais pas trompée...

— En quoi, ma chère?

— Sa ruse effrontée lui a pleinement réussi.

— Quelle ruse, fit-il en s'asseyant sans même avoir embrassé Régina.

— Comment, quelle ruse?... La fausse annonce de son état intéressant.

— Sa grossesse est réelle.

Elle eut un mauvais sourire, et un éclair méchant dans les yeux.

Il s'en aperçut et ceci rendit plus féroce encore la férocité qu'il sentait germer en son cœur contre elle.

— Mais oui, elle est grosse. N'est-ce pas son droit?

— Certainement. Je vois que tu es philosophe.

Un sourire railleur se jouait sur ses lèvres.

— Je ne vois pas en vérité ce que la philosophie vient faire ici.

— Il en faut, dit-on, pour supporter le déshonneur.

— Quel déshonneur?

— Il me semble que, pour que ta femme soit grosse, il faut qu'elle ait eu un amant.

— Oui, elle a eu un amant, oui, elle a encore un amant, et cet amant, c'est moi!

— Toi... toi... tu me mentais donc? Tu as donc joué une ignoble comédie avec moi?

11.

— Lorsqu'on a eu le malheur de patauger comme moi pendant trois ans dans les crimes de l'adultère, le mensonge forcément vous est devenu comme une seconde nature.

Elle devint blême.

— Henri, Henri, qu'as-tu? pourquoi me parles-tu ainsi?

Elle le regardait avec ses grands yeux effarés.

— Moi, je n'ai rien... tu interroges, je réponds.

— Tu souffres, je le vois bien, et c'est à présent que tu mens. Non, tu n'as été ni son amant, ni même son mari; elle t'a trompé, elle a pris un amant... et tu m'en veux, me faisant responsable de l'inconduite de Marcelle.

Il se leva, un nuage rouge était monté sur sa figure blême. — Marcelle est une honnête femme, incapable d'avoir un amant, et je te prie de ne pas l'insulter de tes soupçons.

Elle se redressa en sursaut, comme si une bête venimeuse venait de la mordre.

— Qu'est-ce à dire... alors moi qui t'aime depuis trois ans, moi qui trompe mon mari pour toi, je ne suis pas une honnête femme?

— Nous avons commis une faute, Régina, je dirai même un crime, mais j'ai été ton complice, je n'ai rien à te reprocher, nous sommes aussi coupables l'un que l'autre.

— Oh ! mon Dieu ; que s'est-il donc passé pour que tu me parles ainsi ! Mais tu ne me m'aimes donc plus, mais tu me hais donc ?

— Est-ce te haïr que de te parler devoir et raison.

— Il est bien temps, en vérité, de parler devoir. Henri si tu savais comme tu me fais souffrir... Mais je t'aime moi, je t'aime de toute mon âme, ne comprends-tu pas que tu me rends folle... par pitié, là, à genoux, je te le demande, dis-moi que tu ne l'aimes pas...

Il la releva.

— Pas de scène, Régina... ce qui arrive devait arriver fatalement... Les amours adultères ne peuvent durer toujours... et du reste la prudence exige que nous rompions, Marcelle sait tout.

— Quoi tout ? dit Régina effarée, et n'osant pas comprendre.

— Elle connaît nos mensonges, nos infamies, elle sait pourquoi je l'ai épousée, por 'quoi j'ai joué vis-à-vis d'elle la comédie de l'amour, elle sait...

Il s'arrêtait, hésitant.

— Parle, parle donc, tu me fais mourir.

— Elle a ta lettre, celle que tu m'as écrite le jour de notre mariage. C'est sans doute cette mulâtresse de malheur qui me l'aura volée dans ma poche... et enfin, elle était dans le couloir qui donne dans ma chambre... cette fatale nuit... elle a tout entendu.

Régina poussa le cri de rage que pousse le fauve pris au piège.

— Mais alors, nous sommes perdus! balbutia-t-elle.

— Nous sommes à sa merci.

— C'est horrible, horrible! répétait-elle, tout en marchant fièvreusement et en déchirant à belles dents un mouchoir de fine batiste qu'elle tenait à la main.

— Nous ne sommes même plus en sûreté ici... je t'en conjure, mon Henri, mon bien-aimé, fuyons, allons loin, bien loin, là où ni lui, ni elle ne pourront nous trouver.

Tu le veux, n'est-ce pas, nous allons partir, aujourd'hui même, demain au plus tard.

Elle s'était agenouillée devant lui, elle le suppliait les mains jointes. Songe donc, Henri, pour avoir la vie sauve je devrais m'humilier devant elle.

— Par affection pour son oncle et... par amour pour moi, elle se taira.

— Mais je ne veux pas de sa pitié, moi! Mais je ne veux pas rougir devant elle, moi! De grâce emmène moi, loin, tout au bout du monde.

— Bien souvent, Régina, je t'ai suppliée de fuir avec moi, j'avais le désir de faire cesser un partage de ton corps qui m'était odieux, j'étais écœuré d'avoir à mentir, à dissimuler... tu as refusé, tu ne

m'aimais point assez pour te résigner à un éternel
tête-à-tête pour me sacrifier ta position sociale... tu
as préféré m'imposer une indélicatesse, me forcer à
tromper une honnête fille, la nièce de ton mari,
plutôt que de renoncer à tous ces avantages. Maintenant.

— Maintenant? fit-elle auxieuse.

— Il est trop tard... le mariage m'impose des devoirs.

Elle se leva, elle suffoquait de colère... — Tu es
un lâche... un misérable.

— Si j'ai été lâche et misérable, madame, c'est en
suivant vos conseils, en trompant Marcelle.

— Et dire que je l'ai tant aimé... que je l'aime
encore.

— Adieu, madame, mais croyez bien que vous
aurez toujours en moi un ami respectueux et dévoué.

— Tu m'abandonnes, tu me laisses, moi et notre
enfant exposés à la fureur de mon mari.

— Je me fais le garant de Marcelle, elle se taira ;
votre mari ne saura rien.

Il la salua, prit son chapeau et sortit.

A des variantes près, les ruptures sont toutes aussi
poignantes pour celui des amants qui n'a point encore cessé d'aimer !

CHAPITRE VII

QUE PENSE-T-IL ? QUE VA-T-IL FAIRE ?

Henri de Tressac avait la tête en feu, il avait besoin de grand air, il se fit conduire au bois, il descendit de voiture, il marcha pendant une heure dans une allée déserte.

Il fit un examen de conscience, il se jugea comme il le méritait, c'est-à-dire sévèrement, il réfléchit à sa situation présente, à celle qu'il avait faite à Marcelle, il pensa à l'avenir, à ce triste avenir qu'il s'était préparé.

Peu à peu le calme se fit en lui, il souffrait comme un damné, mais il prenait une grave détermination et ceci lui donnait du courage, car il allait souffrir ; mais il allait aussi expier et réparer le mal qu'il avait fait, et celui qu'il avait fait faire.

A l'heure du dîner, il se trouva en tête à tête avec Marcelle. Sa pâleur et ses yeux rouges indiquaient qu'elle aussi avait souffert et pleuré.

Pendant toute la durée du repas, ils échangèrent des phrases banales auxquelles le bal impérial servait de texte.

Lorsqu'ils furent dans le salon, que le café fut servi et que les domestiques se furent éloignés, il vint s'asseoir près d'elle.

Instinctivement elle eut un mouvement de recul.

— Auriez-vous peur de moi, Marcelle?

— Non, mais non, fit-elle en rougissant un peu...

Il parlait bas, sa voix n'avait rien d'âpre ni d'incisif.

— Vous souvenez-vous... nous causions un jour sur... sur ce triste sujet... et je dis en toute franchise mon opinion, je ne comprends pas qu'on tue une femme; la femme est un être qui doit toujours nous être sacré... même lorsqu'elle tombe, nous ne devons lui montrer que miséricorde.

— J'aimerais mieux la mort donnée par l'homme que j'aimerais que sa pitié.

Marcelle avait relevé la tête, ses yeux brillaient, et elle regardait avec une sorte de défi Henri de Tressac.

— Non, répéta-t-il machinalement, et comme répondant bien plus à sa pensée qu'à la réflexion

de Marcelle... tuer une femme c'est lâche et misérable.

— Vous le savez. mon oncle n'est pas de votre
avis, car il prétend que cela prouve qu'on l'aimait
assez violemment, cette femme-là, pour en arriver
au crime.

— Tuer ! ne prouve, selon moi, que la violence de
sa propre nature, ne pensez-vous pas qu'il y a parfois plus d'amour dans le pardon ?

— Si vous voulez mon avis le voici, le pardon
est un raffinement de vengeance... avec mon caractère par exemple, le pardon me serait odieux : il
m'imposerait une humiliation si grande que je ne
pourrais me résigner à le subir.

— Je comprends ce sentiment-là, mais ne parlons point des drames de l'adultère, je veux vous
faire comprendre une chose Marcelle, vous n'êtes
pas mon épouse...

— Oh ! je le sais bien... fit-elle avec colère.

— Écoutez-moi de grâce, ne croyez pas que je
veuille rappeler un souvenir blessant pour vous, et
qui pèse sur mon cœur comme un remord... je veux
vous dire que, pour être l'époux d'une femme, et pour
avoir par conséquent le droit de lui reprocher de
vous avoir trompé ! il faut lui avoir fait connaître
les mystères de l'amour, s'être uni à elle, lui avoir
donné les doux baisers et avoir reçu les siens, il faut

enfin avoir été mari et femme... Nous ne l'avons pas
été par mon infamie... vous n'êtes pas mon épouse
devant les droits sacrés de l'amour, vous ne l'êtes
que par la loi et par l'Église... et voilà pourquoi en
mon cœur je ne puis vous considérer comme adultère.

Elle le regardait, elle l'écoutait anxieuse de ce
qu'il allait conclure.

— Nous sommes, reprit-il tristement et d'une voix
navrée, deux ennemis, moi en vous mentant, en
vous volant le droit de trouver un mari digne de
vous, je me suis si mal conduit envers vous que je
vous ai autorisée à me considérer comme un ennemi, à me mépriser et à vous venger d'une façon
implacable, c'est bien là notre situation, n'est-ce pas ?

Devant sa colère, elle se serait sentie courageuse et
forte. Mais devant cette tristesse émue, ce parti pris
de l'innocenter tout en s'accusant, une émotion poignante s'emparait d'elle et il lui fallait un grand
effort de volonté pour ne pas éclater en sanglots.

Il s'en aperçut.

— Nous reprendrons cette explication un autre
jour. N'est-ce pas, Marcelle ?

Elle fit un signe de la tête, elle ne pouvait parler.

Il se leva, se mit au piano, il joua plusieurs mor-
ceaux avec brio mais avec nervosité, puis son jeu
s'amollit, il devint triste et caressant.

Elle écoutait, elle cherchait à deviner ce qui se passait en lui.

Oh ! comme elle aurait voulu pouvoir lire en son âme !

On servit le thé, il causa avec elle, il donna carrière à son esprit; un moment il fut presque enjoué.

Ceux qui les auraient écoutés et vus ainsi n'auraient certes jamais soupçonné, leur terrible situation vis-à-vis l'un de l'autre, ils les auraient pris pour deux époux en pleine lune de miel.

Les jours suivants, il se montra aimable et empressé pour elle, et il ne tenta pas de reprendre l'explication commencée.

Et toujours angoissée elle se demandait ce qu'il avait voulu dire, — ce qu'il pensait et ce qu'il allait faire ?

La marquise de Salvedro avait pu, sans peine, persuader à son mari qu'elle était très malade, elle ne dormait pas, ses yeux avaient un éclat fiévreux, son humeur devenait morne et taciturne, elle ne voulait plus quitter sa chambre, et elle refusait de recevoir autre personne que son mari.

Elle avait une telle terreur à la pensée de se retrouver avec Marcelle, qu'elle persévérait à rester isolée dans son appartement, en donnant pour prétexte l'état de ses nerfs.

Le marquis fit appeler un médecin célèbre, qui la questionna, qui écouta son cœur, ses poumons, tout fonctionnait à merveille.

C'était un homme d'ésprit que ce docteur-là.

Il éloigna le mari, sous un prétexte futile, puis souriant, il dit à la jeune femme :

— Je suis à vos ordres, marquise, que dois-je vous prescrire?

— Un long séjour en Italie, sur le lac de Côme, par exemple, j'ai pris Paris en horreur, répondit-elle.

— Fort bien, marquise.

Le mari revenait : — Je vous avouerais, marquis, que je ne trouve, pour le moment, rien de bien grave dans l'état de madame, mais j'y vois des symptômes alarmants.

— Alarmants, vous dites alarmants, docteur, mais vous m'épouvantez, en vérité.

— Je m'explique mal, ils pourrraient devenir alarmants, si nous n'y mettions pas tout de suite bon ordre.

— Que faut-il faire? si c'est même impossible, ça sera fait.

— Cher Renolds, — murmura-t-elle d'une voix dolente.

— C'est fort possible pour un homme comme vous ayant de la fortune. Voici, la marquise est née dans un pays très chaud, la force de sa constitution a fait

qu'elle a bien supporté pendant les premières années notre climat si malsain. Mais à présent ses
poumons, tout son être ont un impérieux besoin de
soleil, de ciel bleu.

— Je suis prêt à la conduire à la Martinique, au
Brésil si elle le préfère, s'écria le marquis, très ému
d'apprendre que sa bien-aimée Régina pouvait devenir sérieusement malade.

Le docteur sourit. — Ces deux pays sont un peu
bien loin ; selon moi, le climat qui conviendrait le
mieux à la marquise, dans ce moment-ci, ce serait
celui de l'Italie. Un séjour de quelques mois sur le
lac de Côme la rétablirait complètement, je crois.

Et se tournant vers la jeune femme : — Me par-
donnez-vous de vous priver des plaisirs de Paris,
que voulez-vous, notre devoir est parfois, implacable, il nous empêche d'être galant.

— Oh! je ne vous en veux pas, je désire, avant
tout, redevenir bien portante et vaillante pour ne
pas inquiéter mon cher Renolds.

Le marquis prit la main de sa femme, la baisa
avec une tendresse passionnée. — Alors tu consen-
tiras à partir, ma chérie.

— Mais oui, si tu le désires!

— Merci mille fois, docteur, nous partirons après
demain, et dans huit jours, nous serons installés sur
le lac de Côme.

Il accompagna le docteur, lui disant et redisant
cent fois: — Mais, cher docteur, vous me le jurez, ce
n'est pas trop tard, elle va se rétablir, n'est ce pas?

— Mais certainement, certainement, ne vous effrayez pas.

Marquis, vous verrez l'effet magique que produira la beauté du ciel italien sur la marquise, vous
verrez comme cette campagne si splendide qui
entoure le lac de Côme agira sur son esprit. Elle
redeviendra gaie, enjouée, et bien portante,

— En êtes-vous certain, je l'aime tant?

— Mais oui, j'en suis persuadé; son mal n'est après
tout que la nostalgie du soleil, nostalgie qui a un
peu envahi les poumons; elle n'a rien. Paris pourrait en faire à bref délai une malade.

Il remercia ce bon docteur avec effusion, et celui-
ci, un sceptique dans la vertu des femmes, s'en alla
en se disant : — Pauvre Jobard ! l'amant sans doute at-
tend sur le lac de Côme. Oh les femmes! adorables
lorsqu'elles sont les femmes des autres, c'est bien décidé je resterai célibataire!

Le marquis de Salvedro, dès le jour même, fit ses
préparatifs de départ. Il était affolé, il suppliait Régina, de rester au coin du feu, de défendre qu'on
ouvrît ses fenêtres. Evite, évite, je t'en conjure, de
respirer cet air empesté de Paris, lui disait-il sans
cesse.

Il vit son banquier, son agent de change, il donna des ordres. Il aurait pu partir dès le lendemain matin tant il avait fait de besogne en une journée.

Régina faisait emballer ses toilettes, dans son désespoir, elle n'oubliait pas ces détails.

Eclipser les autres femmes par son luxe, ajouter par un art délicat et intelligent à sa grande beauté, était pour elle un affaire capitale que rien ne pouvait lui faire négliger.

Le soir, Marcelle et Henri venaient à peine de finir leur dîner en tête à tête, lorsque Salvedro entra comme une bombe. Il était agité, effaré, et brusquement il leur apprit la maladie de sa femme, l'ordonnance du docteur et leur départ. Dans huit jours nous serons installés sur le lac de Côme, dit-il.

— Ah ! vous allez passer quelques mois en Italie, dit négligemment Henri, c'est une excellente idée, je pense comme le docteur que l'air de Paris ne convient pas à la marquise.

Marcelle était toute saisie. Elle se demandait ce que voulait dire ce brusque départ.

Elle cherchait à lire sur le visage de son mari. Voyant son calme elle se demandait si ce départ ne tramait pas quelque chose contre elle. S'il n'avait pas été convenu entre de Tressac et Régina.

— Serez-vous longtemps absent, mon oncle ?

— Ceci dépendra de la santé de ta tante, mais en-

tous cas nous serons bien absents quelques mois.
Mais, au fait, pourquoi ne viendriez-vous pas avec
nous... Tiens! c'est une idée, cela, Marcelle!

Sans lui laisser le temps de répondre, de Tressac
dit :

— Il m'est impossible de quitter Paris en ce moment et du reste je ne supporte pas le climat d'Italie.

Marcelle était de plus en plus étonnée. Que pouvait signifier tout ceci, elle ne croyait pas à la
maladie de Régina, pourquoi s'éloignait-elle de son
amant?

Le départ de son oncle l'affectait; lui parti, elle
restait seule à Paris, sans un parent, sans un ami
pouvant prendre sa défense. Sans se rendre compte
elle se sentait envahie par une sorte de terreur.
Qu'allait faire de Tressac? qu'allait-il se passer
lorsque le moment de sa délivrance arriverait?

De Salvedro s'aperçut de sa préoccupation... — Tu
es triste de notre départ, ma bonne Marcelle, moi
aussi il m'en coûte de te laisser, je t'aime presque
comme si tu étais ma fille. Mais, je te laisse heureuse avec un mari qui t'adore et ceci me console.

Du reste, je compte sur toi pour faire changer
d'idée à Henri lorsqu'il aura fini ses affaires. Dis-lui
que tu aimes l'Italie, toi, et tu verras comme il s'em-
pressera de dire que lui aussi l'adore, et vous vien-

drez nous surprendre. Ce sera une joie pour ta
tante et pour moi de vous avoir avec nous.

Elle était embarrassée pour répondre, de Tressac
vint à son aide en changeant de conversation et en
offrant ses services au marquis pour l'aider dans
ses préparatifs de départ. Celui-ci accepta cette
offre en disant qu'il oublierait une foule de choses
importantes, affolé qu'il était de sentir sa chère
Régina malade.

L'amiral de Cerbys vint passer la soirée avec eux.
Marcelle fut heureuse de cette diversion, elle laissa
de Tressac et son oncle s'occuper des préparatifs
de ce départ, et elle passa au salon avec le visiteur.

Tout en causant avec cet homme qui lui semblait
si bon, si franc et si loyal, elle se disait qu'en lui
peut-être trouverait-elle aide et protection s'il survenait une grave circonstance, il lui inspirait une
vive sympathie, aussi se montrait-elle prévenante
et affectueuse pour lui.

Seulement son cœur se serrait, et son front rougissait un peu lorsqu'il lui disait avec son bon sourire : — Savez-vous, ma nièce, que je vous aime déjà
beaucoup et je vais vous adorer lorsque vous m'aurez donné un neveu... et ma foi même une nièce,
c'est gentil, câlin et mignon tout plein les fillettes,
et je serai le parrain j'y compte ; si vous me refusez
ce plaisir je deshériterai Henri, je vous en préviens,

et sachez, ajoutait-il en riant aux éclats, que je n'ai rien, tout a été grignoté par des petites dents blanches, aiguës et affamées.

Ne me faites pas les gros yeux, un célibataire a une foule de droits, tandis que le mari n'a qu'un droit : adorer sa femme et se préoccuper de son bonheur.

De Tressac vint les rejoindre.

Marcelle se mit au piano, afin d'éviter que l'amiral continuât à causer sur un sujet qui l'aurait mis au supplice devant cet homme qui était son mari selon la loi, et son époux aux yeux du monde, alors qu'il n'était autre chose pour elle qu'un ennemi qui allait devenir implacable sans doute.

La soirée se termina dans une causerie dont les voyages de l'amiral firent les frais.

Elle prétexta un peu de fatigue, et elle quitta le salon avant le départ du visiteur.

Elle voulait éviter un tête-à-tête avec de Tressac.

Carmen l'attendait dans sa chambre.

Elles causèrent de Georges.

Carmen l'avait installé dans un petit entresol situé en plein midi ; aucune maison n'était encore construite devant celle habitée par Georges, le grand jour et le soleil venaient donc librement à ses fenêtres.

La mulâtresse avait meublé cet appartement

avec une rare intelligence, de chaudes tentures, de
bons tapis, des sièges confortables, un lit bas et
large et quelques tables composaient tout le mobi-
lier. Mais elle avait mis des arbustes et des fleurs
dans tous les coins et devant toutes les fenêtres.

Elle avait transformé ce petit logis en un nid
charmant.

Puis elle avait trouvé un nègre, valet de chambre
dans une grande maison, qui, moyennant des gages
doubles de ceux qu'il avait, avait consenti à quitter
sa place et à venir l'aider à soigner le jeune
homme.

— La race noire seule est dévouée, disait-elle à Marcelle en lui annonçant qu'elle avait arrêté ce Beppo.
Il aimera son maître, Georges est si bon ! et il lui
sera dévoué, tu verras comme savent aimer les
noirs lorsqu'ils aiment.

Elle avait tout fait elle-même pour cette installation, elle avait demandé à Marcelle comme une
grâce de lui laisser ce soin.

Du reste, depuis qu'elle savait que les jours de
Georges étaient comptés, elle montrait une sorte de
jalousie farouche, bien loin de reprocher à sa sœur
de lait d'aller trop rarement le voir, elle s'efforçait
de l'empêcher d'y aller, elle voulait être seule à le
soigner et à lui tenir compagnie.

Marcelle lui savait gré de cette conduite, pensant

qu'elle voulait lui éviter à cause de sa grossesse la vue des souffrances de ce pauvre Georges.

Car il souffrait beaucoup; des étouffements terribles le tenaient angoissé des heures entières.

Le cœur se prenait.

Donc ce soir-là, elles causaient du cher malade, la mulâtresse lui disait qu'il commençait à comprendre toute la gravité de son état, et qu'il s'affolait en pensant que son enfant serait orphelin avant de naître et qu'elle resterait, elle, sans protecteur.

Marcelle, lui annonça le départ précipité du marquis et de la marquise de Salvedro, pour l'Italie.

La mulâtresse hocha la tête : — Ceci ne signifie rien de bon pour toi, la coupable prend la fuite afin que son complice puisse se venger de toi plus facilement.

— C'est aussi ma pensée, fit Marcelle, et j'éprouve une sorte d'apeurement à voir partir mon oncle, mon véritable protecteur, et une victime comme moi de ces deux êtres sans cœur.

— Que dit le vicomte de ce départ? demanda Carmen.

— Il en a l'air satisfait.

— Ce qui prouve qu'il a été combiné entr'eux... crois-moi, il faut fuir, cache-toi quelque part, va attendre hors France le passage d'un bateau se rendant au Brésil, tu iras retrouver ton oncle Morénos.

— Et Georges ?

— Je resterai, moi.

— Mais enfin ! que penses-tu que puisse méditer Henri de Tressac ?

— Ta mort.

— Oh! un assassinat... un scandale... non, c'est impossible, il m'a parlé, il est triste mais affectueux, il essaye de me démontrer mon droit à me venger et il s'accuse seul.

— Et tu crois à sa franchise? et tu ne comprends pas que ceci cache un piège ?

— Hélas! je ne puis croire à sa franchise... n'ai-je pas déjà été dupe de la comédie qu'il a jouée pour m'épouser... Mais je me demande : que veut-il faire ?

— Je le devine bien moi, ma pauvre sœur, il veut se débarrasser de toi pour retourner ensuite avec sa maîtresse... méfie-toi... et surtout laisse la lettre où elle est... il veut peut-être par sa douceur, son hypocrite mausuétude te faire détruire cette preuve irrécusable de son infamie. — Après cela il se vengera de toi sans crainte. Régina ne courra plus aucuns risques.

— Oui, ce doit être cela, fit-elle... mais je serai sur mes gardes, on croit difficilement celui qui nous a menti une fois déjà.

La mulâtresse regardait les croisées de la chambre...

— Ferme bien la porte au verrou, Marcelle, ne le laisse jamais pénétrer dans ta chambre le soir, Songe à cette malheureuse duchesse de Praslin...

— Oh !.. fit Marcelle.

— Quoi ! l'autre aussi était un gentilhomme et sa femme était une digne et sainte femme !

— Mais Henri, n'est pas un assassin !

— Le duc de Praslin n'était point un assassin la veille de son crime ; tout brigand, tout voleur a été un honnête homme avant d'avoir commis un forfait ou un vol .. Ta chambre donne dans le jardin comme celle de la Duchesse... il pourrait te poignarder puis prendre tes bijoux pour simuler que le vol a été le mobile du crime, il casserait un carreau, ouvrirait la fenêtre, et se laisserait glisser dans le jardin, il est agile. Le lendemain on trouverait ta porte fermée au verrou, — ta cassette dévalisée, comment pourrait-on soupçonner ton mari, alors que le monde vous croit heureux, alors que tout le monde témoignerait que le vicomte de Tressac adorait sa femme.

— Ne serais-tu pas là, toi, Carmen, pour dire la vérité.

— Moi ! je puis mourir aussi... qui te dit que bientôt je ne serai pas morte.

— Tu crois qu'il oserait s'attaquer à toi, non, ce

13

serait maladroit deux morts subites, deux morts violentes le dénonceraient.

— Si lui ne me tue pas, ma sœur... la mort peut tout de même venir à moi.

Elle dit cela si douloureusement, que Marcelle frissonna :

— Tu es lugubre ce soir, Carmen.

— Comment ne le serais-je pas. Enfin, fais attention, songe à l'enfant que tu portes, méfie-toi de cet homme, et crois-moi, pars, quitte Paris.

— J'irai voir Georges demain et je causerai avec lui...

— Moi, je retourne chez lui, je ne veux pas qu'il passe la nuit seul, Beppo a le sommeil lourd.

— Je crains que tes absences soient remarquées et commentées, Carmen.

— Ne crains rien, je sors sans qu'on me voit, je rentre sans que nul m'aperçoive, je guette le moment où la porte est ouverte. Et après avoir embrassé Marcelle elle s'en alla.

Marcelle, restée seule, verrouilla sa porte, elle eut des cauchemars terribles toute la nuit, — tantôt elle voyait des bandits sautant dans sa chambre par la fenêtre ouverte, tantôt elle apercevait Henri de Tressac debout à côté d'elle un poignard à la main.

Le lendemain elle se réveilla brisée.

Elle fit vivement sa toilette, elle voulait sortir de bonne heure pour aller voir Georges.

Mais au moment de sortir, elle se rencontra nez à nez avec de Tressac.

— Comme vous êtes matinale! fit-il.

Elle se troubla, il la guettait sans doute, il voulait savoir où elle allait, connaître son rival... et peut-être les surprendre et les tuer tous les deux.

— Folle que j'ai été de n'y avoir point songé, voilà la vengeance qu'il médite... et ce crime est absous par la loi et par le monde.

Elle se remit, et avec un sourire qu'elle essaya de rendre enjoué, j'ai besoin de prendre l'air, auriez-vous l'amabilité de venir avec moi.

— Mais comment donc! vous accompagner partout est mon devoir de mari et c'est, croyez-le bien, un grand bonheur pour moi d'être avec vous.

Elle n'en pouvait plus douter, il avait appuyé sur ces mots *vous accompagner part. ıt*, il allait se faire son surveillant, son garde du corps, il allait épier ses sorties !

En allant chez Georges elle exposerait donc à une mort violente ce pauvre agonisant.

Malgré sa préoccupation, elle voulut lui donner le change, elle se montra gaie, elle causa de mille choses et ils allèrent se promener jusqu'à l'avenue de l'Impératrice. Il paraissait lui aussi d'une humeur charmante, et en rentrant il lui dit qu'il espérait bien qu'elle lui demanderait son bras chaque fois qu'elle désirerait sortir le matin.

Remontée dans sa chambre, elle s'assit devant son feu, et elle se mit à réfléchir profondément. Il avait voulu, pensait-elle, lui faire savoir délicatement et en homme du monde qu'il !n'entendait plus lui laisser liberté pleine et entière d'aller où bon lui semblerait !

Mais alors il ne voulait donc pas se venger en la surprenant chez son amant, et en les tuant tous les deux : car dans ce cas il l'aurait laissée sans défiance sortir seule comme par le passé et il l'aurait suivie ou fait suivre !

Que voulait-il ? Qu'allait-il faire ?

Cent fois elle se posait ces questions sans parvenir à trouver une réponse logique, ce qui l'irritait et la rendait nerveuse.

Le danger connu, le malheur prévu nous trouvent toujours moins anxieux.

Le marquis et la marquise de Salvedro partirent pour l'Italie par le train de sept heures moins le quart.

Au moment de la séparation, les deux femmes durent se donner le baiser de Judas.

En embrassant son oncle, Marcelle avait de la peine à retenir ses larmes.

Il s'aperçut de son émotion.

— Ne t'attriste pas de notre départ... tu viendras nous retrouver ton mari t'aime trop pour te rien refuser, lui dit-il.

Régina et Henri de Tressac se firent des adieux officiels et froids.

Mais Marcelle, qui le guettait, surprit une larme dans les yeux de son mari lorsqu'il embrassa le petit Jean.

Régina, se sentit soulagée d'un poids énorme lorsqu'elle se vit emportée à toute vapeur loin de Paris, loin de cette rivale abhorrée qui possédait le secret de sa faute.

Son amant l'avait si mortellement blessée, à l'heure de la rupture, qu'elle ne sentait plus en son cœur, pour lui, qu'une haine violente et farouche.

Henri de Tressac avait eu un moment d'émotion en embrassant son fils, mais il était fort heureux du départ de Régina pour qui il éprouvait une sorte d'aversion méprisante.

On s'adore un temps plus ou moins long, on oublie les devoirs et les choses les plus saintes, puis arrive l'heure du châtiment, on se hait et l'on ne peut plus s'estimer.

Tel est le triste bilan de l'adultère.

13.

VIII

UNE LOYALE EXPLICATION

Après le départ du marquis et de la marquise de Salvedro, Henri de Tressac avait dîné en tête à tête avec Marcelle.

Il était aisé de voir qu'il était tout satisfait de ce départ.

Ceci ne fortifiait que plus encore la jeune femme dans la pensée terrible qu'il allait se venger, que les deux complices s'étaient entendus dans le but d'éloigner l'oncle de la nièce, afin qu'elle n'eût point le temps, selon sa menace, de se venger d'eux en tout révélant au mari outragé.

Pourtant, comme c'était une vaillante, elle dissimulait ses sombres préoccupations et elle se montrait aimable, elle donnait la réplique à de Tressac, qui causait avec verve.

Tout est mystère et singularité dans le cœur humain; elle commençait à croire cet homme capable de la tuer, elle le trouvait perfide et fourbe, et... elle l'aimait toujours — loin de lui, elle en arrivait à se figurer qu'elle le détestait — dès qu'il était près d'elle, elle était sous le charme, elle se sentait troublée en tout son être, sa voix surtout, au timbre pur et possédant une chaleur vibrante, la faisait tressaillir. Elle aurait reconnu cette voix entre mille voix, et l'entendre lui était comme une caresse d'amour.

Si bien que c'était sans effort que, lorsqu'elle était avec lui, oubliant tout, injures, jalousies, craintes, elle donnait carrière à son esprit brillant, et elle devenait séduisante et charmante.

Dès qu'ils furent seuls dans le petit boudoir où ils avaient coutume de se tenir après le dîner : — Marcelle, dit de Tressac, en venant s'asseoir à côté d'elle, voulez-vous que nous continuions la causerie de l'autre soir.

— Je le veux bien, fit-elle.

Enfin! se dit-elle, je vais peut-être savoir ce qu'il pense et ce qu'il compte faire, je pourrai pressentir ce que j'ai à craindre.

— Je vous faisais remarquer l'autre jour — sa voix se faisait douce et attendrie — que nous n'étions pas époux, que nous étions simplement deux ennemis ; vivre en tête à tête avec un ennemi, ce n'est pas gai, n'êtes-vous pas de mon avis ?

— Complètement.

Allons ! il va me proposer une séparation, pensa-t-elle.

— Eh bien ! Marcelle, si... si, nous pardonnant nos torts — sans avoir même besoin de cela — en nous ce sont les époux, n'est-ce pas, qui sont irréconciliables?

— Oui, irréconciliables, fit-elle machinalement.

— Fort bien, laissons-les irréconciliés. Mais daignez vous souvenir que je ne suis pas votre époux. Moi, je sais que vous n'êtes pas ma femme. Que les deux ennemis se réconcilient et deviennent de bons amis. Voulez-vous être mon amie, Marcelle?

Sans réfléchir, cette fois, et d'un élan spontané.

— Je le veux bien, fit-elle en lui tendant sa petite main.

Il prit sa main, la retint une minute dans les siennes, puis il la porta à ses lèvres.

Elle s'aperçut que ses mains tremblaient.

— Merci, si vous saviez combien vous venez de me rendre heureux. Je vous sais franche et loyale, donnez-moi votre parole que vous allez me traiter vraiment en ami, et que vous aurez pleine et entière confiance en moi.

Sans hésiter, elle répondit :

— Non, je ne puis pas vous donner cette parole. Voici ce qui se passe en moi : Mon cœur a foi en vous, mais il m'a prouvé, ce pauvre cœur, qu'il peut se tromper. Mon esprit me dit, lui, que je dois me méfier, il me crie que vous jouez encore la comédie, que vous me tendez un piège et que vous travaillez à vous venger cruellement.

Il pâlit, se leva, fit quelques pas en chancelant, puis, se laissant tomber sur un fauteuil, il se couvrit le visage avec les mains et elle l'entendit sangloter. Les larmes sont sincères, surtout celles de l'homme, qui coulent moins facilement que celles de la femme.

— Henri, Henri, dit-elle doucement, pardonnez-moi, je vous ai blessé.

— Oui, oui, profondément, mais c'est ma faute. J'ai menti une fois et, à présent, jamais, hélas! vous ne croirez à ma sincérité.

— Vous m'avez demandé ma parole, j'ai dû vous répondre en toute sincérité. Mais je ne demande pas mieux que de croire à mon cœur et d'imposer silence à mon méchant esprit.

— Sur quoi faut-il que je jure pour que vous ayez foi en moi?

— Parlez, à présent je vous croirai. Mais, avant de me dire ce que vous désirez me dire, répondez à ma question : Pourquoi la marquise de Salvedro est-elle partie?

— Un peu par dépit de la façon dont j'ai rompu avec elle, beaucoup pour n'avoir pas à rougir devant vous, elle n'ignore plus que vous savez tout.

— Si je connais sa faute, elle connaît la mienne sans doute, et il me semble que, moi aussi, j'aurais eu à rougir devant elle.

Il eut un air franchement étonné.

— De quelle faute parlez-vous?

— De mon crime, si vous voulez, ne suis-je pas adultère, moi aussi?

— Et comment voulez-vous qu'elle le sache, je vous prie?

— Mais... fit-elle, je pensais que...

— Ah! Marcelle! mais quelle opinion avez-vous donc de moi? Mais vous me prenez donc pour le dernier des misérables? Eh quoi! vous avez pu un instant, une seconde, penser que j'avais confié à ma maîtresse la faute de la vicomtesse de Tressac, ma femme de par la loi et de par l'Église!

— Mais, puisqu'elle savait que vous n'avez pas été mon époux, comment lui expliquer, sans cette confidence, ma grossesse!

— Il est des mensonges honorables, des mensonges sacrés; je lui ai dit que je lui avais menti, que depuis le second jour de notre mariage j'étais votre mari, et plus que cela même, votre amant.

— Vous êtes grand et magnanime, Henri. Merci,

oh! merci, mille fois, ma faute me fait une telle honte, que nous sommes trop de trois à la savoir.

— N'en parlons plus, de cette faute, ou parlons-en, mais laissez-moi en prendre ma large part. Me croirez-vous, Marcelle, à présent? Votre cœur sera-t-il plus fort que votre esprit?

— Oui, parlez, que désirez-vous?

— Voici ce que je souhaite ardemment : Nous sommes tous les deux malheureux. Une fatalité fait que, marié, je suis destiné à n'avoir pas de femme, père, je n'ai pas mon fils. Vous, victime de cette même fatalité, vous êtes mariée sans avoir les joies du mariage, nous sommes jeunes, longtemps nous aurons à souffrir. Eh bien! devenons bons amis, franchement, loyalement, entendons-nous pour adoucir ce que notre situation a de triste. Aidons-nous mutuellement. Nous n'avons plus de secret l'un pour l'autre, eh bien! allons-y loyalement, sans mensonges et déloyautés. Le voulez-vous?

— Oh! oui, je le veux bien. Je me sentais si triste, si isolée! Je serai heureuse d'avoir un ami.

— Maintenant, Marcelle, je vous jure, sur l'âme de ma digne et sainte mère, que je n'ai qu'un but que je tâcherai de réaliser, celui d'adoucir le triste sort que je vous ai fait. Vous aurez en moi un ami affectueux et dévoué, un protecteur toujours prêt à vous défendre et à vous faire respecter. Aux yeux de tous, la vicomtesse de Tressac sera une épouse honorée et adorée de son époux.

Nous serons seuls à connaître ce terrible secret.

— Vous êtes un grand cœur, Henri, et vous ne pourriez croire combien me touche profondément tout ce que vous me dites. Mais je ne dois pas accepter, je ne dois pas vous condamner au supplice de voir naître un enfant qui sera le fruit de ma triste faute. Non, je ne dois pas faire cela.

— Marcelle, ici encore, ayez foi en moi. Je ne vous dis pas que j'aimerai cet enfant comme s'il était né de notre union, mais je n'aurai pour lui aucun sentiment de haine ni même d'antipathie. Je songerai à mon petit Jean, né lui aussi d'une faute, et je m'efforcerai de me dire qu'ils sont frères.

— Non, non, Henri, vous essayeriez de dissimuler, mais vous souffririez ; la vue de cet enfant vous serait odieuse.

— Si, par un de ces hasards imprévus, — la mort, vous le savez, frappe parfois à coups redoublés, — si Jean devenait orphelin, vous ne me le laisseriez donc pas prendre avec nous, sa vue vous serait donc odieuse ! Répondez-moi loyalement.

— Moi, je suis femme, et je crois que les femmes, en ceci, ne sentent pas comme les hommes. Je ne pourrais, en mon cœur, rendre cet innocent responsable, et je l'aimerai pour lui-même, sans penser combien m'a été fatale celle qui fut sa mère.

— Moi, je l'aimerai... pour lui... et, croyez-moi, en ceci je pense en femme, moi aussi.

— Savez-vous ce que je voulais faire, moi, Henri? Je voulais partir, aller au Brésil et vous laisser votre liberté. Mais, je le comprends, ceci ferait du scandale. Si vous voulez, conduisez-moi vous-même au Brésil, prenons pour le monde le prétexte d'aller voir mon oncle Morenos ; une fois là-bas, vous vous ferez envoyer une dépêche, vous rappelant à Paris. Vous reviendrez, vous direz d'abord que je suis malade là-bas, que le climat du Brésil m'est ordonné, que sais-je encore ? On m'a si peu vue que je serai bientôt oubliée et, je vous le jure, mon oncle Salvedro ne saura jamais rien, il croira à un caprice de ma part.

Il l'écoutait, sombre et navré.

— Alors, Marcelle, vous me méprisez, vous me détestez au point de ne vouloir pas rester avec moi, en amie, comme frère et sœur, ayant eu des torts réciproques, mais s'étant franchement réconciliés?

— Henri, je vous le jure, vous vous méprenez sur le sentiment qui m'indique cette décision. Moi, je serai heureuse de rester près de vous en amie, en sœur.

— Eh bien, alors?

14

— Je crains que vous vous abusiez et que la vue de cet enfant soit pour vous un supplice journalier.

— Et moi, je vous jure, Marcelle, que si vous partez, je suis un homme perdu, vous me désespérez. Mais ordonnez, si vous voulez aller au Brésil, je suis prêt à vous y suivre.

— Je reste.

Elle lui tendit la main. — Soyons donc franchement amis.

— Merci, merci, et, de grâce, ne doutez jamais de ma loyauté, j'en serais trop humilié. — Et maintenant, voulez-vous me permettre de vous demander une grâce?

— Elle est accordée d'avance.

— N'allez plus voir M. Georges de Sirvanos en cachette. Allez-y avec votre voiture et la tête haute, allez-y naturellement, comme on va voir un ami d'enfance qui se meurt.

— Ah! vous savez? fit-elle en rougissant.

— Pardonnez-moi, je vous ai épiée, mon honneur m'y forçait. Vous connaissez les lois de ce que le monde appelle : honneur! Je devais me battre avec celui qui vous avait possédée, avec celui qui vous avait rendue mère. Je le devais, vous-même m'auriez méprisé de ne l'avoir point fait. Je devais donc essayer de le connaître, je vous ai suivie, je vous ai vue entrer 10, rue Crevaux, j'ai fait demander qui habitait là. Lorsqu'on m'a dit le nom de M. Georges de Sirvanos, j'ai tout compris. Mais je me trouvais en face d'un moribond ; me battre avec lui aurait été une lâcheté, j'ai renoncé à me venger de lui.

— Écoutez-moi, Henri, je ne parle pas au mari, je parle au frère, à l'ami, et je supplie celui-ci de me croire, car, je le jure sur l'âme de ma sainte et digne mère, je ne vous dirai que la pure vérité.

Je suis sortie de cette maison pendant cette horrible nuit, non pour aller me venger en me donnant, je vous en conjure, ne croyez pas cela.

Elle pleurait, elle tordait ses petites mains.

— J'ai foi en vos paroles, Marcelle. Tout ce que vous me direz, je le croirai.

Elle lui conta tout, ce qu'elle avait souffert en écoutant ses paroles banales, en recevant son glacial baiser sur le front.

Son émotion en croyant à son retour. Sa déception en voyant entrer Carmen, el' ; lui dit comment celle-ci, après la conversation entendue, avait volé la lettre. L'effet que lui avait fait cette lettre.

Alors, Carmen lui avait dit bien bas :

— Fuyons ce pays maudit. Georges est ici, retournons avec lui au Brésil.

Oh! oui, partir, fuir, elle le voulait. Et hâtivement, la tête perdue, sans savoir ce qu'elle faisait, elle avait pris une fourrure et un chapeau.

Arrivée au rez-de-chaussée, elle avait voulu savoir si réellement Régina était avec lui. Elle s'était approchée de sa chambre et elle avait entendu... On se raillait d'elle, on... elle n'eut pas la force d'ajouter : On se livrait aux transports de l'amour adultère.

Henri de Tressac rougissait à son tour et baissait les yeux.

— J'étais affolée, poursuivit-elle, nous sortîmes de l'hôtel; j'étais bien décidée à n'y plus rentrer. En voiture, je réfléchis au scandale que cela ferait. Je serais forcée d'accuser ma tante, de montrer la lettre. Le bonheur de mon oncle serait détruit. Je me résolus à ceci : tout confier à Georges, l'envoyer au Brésil, prévenir mon oncle Morénos de ma situation, le prier de venir me chercher.

Elle finit sa confidence à voix basse et en balbutiant.

Lorsqu'elle eut tout dit, Henri de Tressac lui tendit la main.

— Marcelle, lui dit-il, voici l'opinion franche et loyale de votre ami, de votre frère : Un ange serait sorti blanc comme neige de cette dangereuse situation, mais la plus pure et la plus digne des femmes aurait succombé comme vous. Levez la tête, ne rougissez pas. La fatalité a tout fait.

— Que vous êtes bon, fit-elle en essuyant ses larmes.

— Je ne suis que juste. Ainsi, vous me promettez de n'aller voir ce pauvre malade que carrément, vous faisant conduire par votre voiture? Je vous demande ceci, vous le comprenez, pour sauvegarder mon honneur.

— Je vous jure de ne jamais rien faire qui puisse le compromettre. Je vous sais gré de me permettre de voir parfois ce pauvre enfant qui agonise lentement.

— Certes oui, il faut adoucir ses derniers moments. Mais, pour éviter que nos gens, — les domestiques, vous le savez, sont toujours heureux de mal penser de leurs maîtres, — pour éviter leurs malveillantes suppositions, demain matin je vous mettrai en voiture et je donnerai moi-même l'adresse de la rue Crevaux à votre cocher.

Ce soir-là, ils se donnèrent une franche et cordiale poignée de main.

Rentrée dans sa chambre, Marcelle se jeta à genoux devant son grand crucifix d'ivoire, elle remercia celui qui a prêché le pardon pour la femme adultère, d'avoir eu pitié d'elle et de l'enfant qu'elle portait en son sein, et d'avoir fait entrer la même mansuétude dans le cœur de son mari.

Elle avait foi entière dans les paroles que venait de lui dire Henri de Tressac.

Elle n'avait plus peur de lui, elle le sentait de

14.

bonne foi dans sa douce miséricorde et dans son repentir.

Elle le trouvait grand, sublime et, plus que jamais, elle l'aimait de toutes les forces de son être...
elle ne pouvait plus espérer être son épouse, devenir son amie, sa sœur lui paraissait encore un sort
enviable.

La mulâtresse vint, comme elle avait coutume de
le faire chaque soir, lui donner des nouvelles de
Georges.

Elle la trouva à genoux encore.

— Tu as raison de prier, Marcelle ; il souffre bien
moralement et physiquement.

Pour Carmen, Georges était tout ; elle ne pouvait
se figurer que sa sœur fût préoccupée d'autre chose
que de la santé du jeune homme.

Marcelle la fit asseoir près d'elle ; elle lui redit
mot à mot ce que Henri de Tressac lui avait dit.
Elle était heureuse, ce bonheur se lisait dans l'éclat
de son regard.

Carmen écoutait d'un air maussade et sombre.
Moi, vois-tu, je hais cet homme, je ne crois à rien
de bien de sa part. A ce que je comprends, ton lâche
cœur l'adore toujours. C'est ton affaire après tout et
le cœur est un indépendant, il n'écoute aucun ordre,
aucun raisonnement. Je ne te blâmerai plus, je me
contenterai de te plaindre. Mais, je t'en supplie, ne

vas pas parler de tout cela à Georges, laisse-lui
croire que tu l'aimes, fais-en sorte à ce qu'il croie sa
guérison possible ; promets-lui de partir avec lui.
Mens, mais berce ses derniers jours par de douces
paroles.

— Certes oui. Je ferai tout pour adoucir son chagrin. Annonce-lui ma visite pour demain, lui dit
Marcelle.

.   .   .   .

De Tressac était en effet véridique et franc, dans
ses paroles et dans ses promesses.

Son examen de conscience lui avait dit qu'il
s'était bien mal conduit envers cette belle jeune
fille.

L'amour qui soudain l'avait mordu au cœur, avait
augmenté ses remords.

Et il disait qu'il allait se vouer à la tâche de réparer le mal qu'il lui avait fait

Il serait son frère, son ami, il essayerait de lui
rendre la vie supportable.

Il souffrirait dans la passion charnelle qu'elle venait de faire naître en lui ; mais, se disait-il, je lui
cacherai l'amour que j'ai pour elle. La voir, la pro-
téger, me conduire en bon frère, essayer d'adoucir
la situation douloureuse que je lui ai faite sera pour
moi une suprême consolation, par ma faute elle
sera vouée au triste veuvage tout en ayant un époux.

je me punirai, j'expierai en me vouant, moi aussi, à une vie sans amour. Elle ne peut plus être à moi. Mais elle ne sera plus à personne. Je ne puis plus être à elle, je renonce à l'amour.

Voilà le beau, mais anti-naturel raisonnement que se faisait Henri de Tressac, et il se le faisait en toute franchise et se figurait que la chose lui serait possible.

Son premier soin avait été de chercher celui avec qui Marcelle avait failli.

Il l'aurait tué avec un bonheur extrême.

En apprenant que c'était Georges de Sirvanos, et que Georges de Sirvanos se mourait, il ressentit une joie féroce, la mort se chargeait d'enlever de ce monde celui qui lui avait pris les premiers baisers de Marcelle !

Son amour-propre souffrait moins, en voyant qu'elle ne l'avait pas déshonoré avec un homme de sa société ou un de ces êtres légers qui content leur bonne fortune. Il n'était pas exposé à être ridiculisé. Ce fatal secret, il le comprenait, allait être enseveli dans la tombe où bientôt dormirait de l'éternel sommeil l'amant de Marcelle.

IX

L'AMOUR D'UNE FILLE DE COULEUR

Selon le désir exprimé par de Tressac, le lendemain, Marcelle fit demander sa voiture pour dix heures du matin.

En descendant de son appartement, elle trouva son mari sur la porte; il lui dit un affectueux bonjour, puis il la mit en voiture, et cria au cocher 10, rue Crevaux.

Georges était étendu dans un grand fauteuil placé près de la cheminée.

Malgré sa robe de chambre doublée de fourrure, et le grand feu qui pétillait dans l'âtre, il grelottait, une toux sèche lui brisait sans interruption la poitrine; elle amenait sur ses lèvres une écume sanglante.

La maladie faisait des progrès terribles, elle était foudroyante. Ses grands yeux noirs s'étaient enfoncés dans l'orbite ; en le voyant, on sentait que la mort avait posé sur lui sa main implacable, elle l'avait marqué. Déjà l'homme disparaissait et le cadavre se montrait.

Marcelle ne parvint pas à dissimuler la douloureuse impression qu'elle ressentait — les larmes lui vinrent aux yeux.

— Tu le vois, je suis perdu, fit-il d'un air navré.

— Quelle folie ! je pleure de joie de pouvoir enfin venir passer une heure avec toi.

Il la regarda fixement.

— Dis-moi franchement ne crois-tu pas que je vais mourir ?

— Mourir ! à ton âge ? tu n'y songes pas ; c'est ce vilain climat de Paris qui t'éprouve, les beaux jours vont venir, et avec eux la santé te reviendra.

Il hocha tristement la tête.

— Mais certainement, et nous partirons. Nous retournerons au Brésil, veux-tu ? Mon oncle Morénos me protégera, il arrangera tout au mieux pour nous, il a de l'influence, tu le sais, l'Empereur l'aime beaucoup.

— Oh ! le beau rêve !... être avec toi là-bas !

— Ce sera une réalité, Georges !

— Mais si... ma maladie se prolonge... si je meurs, que deviendras-tu ? que deviendra notre enfant ?

— Tu ne mourras pas, et, si ce malheur arrivait, j'irai au Brésil, j'élèverai notre enfant, je vivrai avec ton souvenir.

Il la regardait tout extasié.

Carmen s'était assise près de la fenêtre, on aurait dit qu'elle ne voulait pas les entendre, et qu'elle ne voulait pas les voir.

Son front olivâtre se plissait comme si une sourde colère agitait son esprit.

Lorsqu'il y eut une demi-heure que Marcelle était là, la mulâtresse se leva d'un geste brusque.

— Tu le fais trop parler, dit-elle.

Georges voulut protester, dire que le bonheur qu'il éprouvait à la voir lui faisait du bien. Mais sa phrase fut interrompue par une quinte de toux qui le secoua des pieds à la tête, et amena un flot de sang dans sa bouche.

— Tu vois bien, dit Carmen, que tu le fatigues.

Marcelle se levait pour partir.

— Reste encore, fit-il en joignant les mains... Tu es ma vie, mon soleil. Il me semble que si tu étais toujours là, je ne souffrirais pas.

Les traits de la mulâtresse se contractèrent, elle s'éloigna d'eux pour essuyer des larmes qui tremblottaient au bout de ses longs cils noirs. Marcelle s'était penchée vers le jeune homme, elle caressait ses cheveux d'un geste maternel.

— Allons, Georges, fit Carmen revenant vers eux,
— laisse la partir, elle n'est pas libre, tu le sais bien,
et il faut être prudent.

Il était évident qu'elle souhaitait le départ de la
jeune femme !

— Qu'a-t-elle donc, que se passe-t-il en son esprit ? se demandait avec étonnement Marcelle.

Elle embrassa Georges sur le front, comme une
mère embrasse son fils... puis elle lui promit de
revenir dès qu'elle le pourrait.

— Ne viens pas trop souvent, ta vue lui fait du
mal, lui dit tout bas Carmen, en la reconduisant.

Marcelle s'en retourna chez elle, toute attristée de
l'état du jeune homme, et très intriguée par l'attitude de Carmen. Qu'avait-elle ? pourquoi lui parlait-
elle brusquement... On dirait — songeait-elle, — que
cette affection exclusive et sans borne qu'elle me
portait, se change en haine !

Et elle cherchait si elle l'aurait blessée par un
acte ou par un mot. Elle ne trouvait rien.

Elle ne comprenait pas davantage pourquoi, elle
voulait à présent l'éloigner de Georges.

Son mari s'aperçut de son air triste, mais il eut la
délicatesse de ne lui faire aucune question, il ne fit
pas même allusion à la visite qu'elle avait faite.

Le soir, il insista pour la conduire à l'Opéra,
c'était leur jour de loge.

Elle était très en beauté. La maternité semblait développer au lieu d'altérer sa beauté souveraine. Toutes les lorgnettes braquées sur elle disaient que le succès de la chambrée était pour elle. En les voyant si jeunes et si beaux, tout le monde se disait : Voilà un joli couple et voilà un ménage bien assorti.

Il y avait deux jours qu'elle n'avait plus été voir Georges, deux jours qu'elle était sans nouvelles de lui, car la mulâtresse n'avait point paru à l'hôtel.

Le matin du troisième jour, Carmen entra dans la chambre de Marcelle, ses traits étaient convulsés, elle avait l'air affolé :

— Il se meurt, dit-elle.

Et se laissant tomber dans un fauteuil, elle se mit à sangloter.

La jeune femme se retint à un meuble pour ne pas tomber.

Il lui semblait que l'enfant qu'elle portait en elle tressaillait.

— Il a eu encore un vomissement de sang ?

Sans lui répondre, Carmen se leva.

— Non, je suis folle de pleurer... n'est-ce pas un jour de fête pour moi ?

— Que dis-tu, ma sœur !

— Rien.

— Tu as parlé de fête... tu me dis que Georges se

15

meurt... de grâce, reprends un peu de calme, parle, dis-moi ce qu'il a.

— Une fièvre cérébrale s'est déclarée, le docteur dit qu'il ne passera pas la nuit; il va avoir un transport au cerveau.

— Oh! mon Dieu! mon Dieu! Pâle comme une morte, Marcelle pleurait.

— Pourquoi le pleures-tu? tu ne l'aimais pas, c'est l'autre, celui qui t'a jeté un sort, qui a ton cœur!

— Oh! comme tu es cruelle pour moi. Que t'ai-je fait, ma sœurette, tu m'aimais bien jadis et à présent?

— Jadis tu étais la fiancée de Georges, celle qu'il aimait, celle qui, je le croyais, devait le rendre heureux.

— Alors, à présent, tu me détestes.

— Le temps presse, va, si tu veux, le voir une fois encore, moi je vais dans ma chambre un instant et je te rejoins.

Marcelle mit en hâte son chapeau, son manteau, elle descendit, et, après avoir donné l'ordre d'atteler, elle entra chez son mari, dans cette chambre du rez-de-chaussée où, jamais encore, elle n'avait pénétré... En la voyant pâle et se soutenant à peine, il se leva vivement et lui prit la main :

— Qu'avez-vous? que vous arrive-t-il ?

— Il se meurt... une fièvre cérébrale...

Elle balbutia ces mots, elle avait honte de lui parler à lui, de l'autre.

— Du courage, Marcelle... Allez-y vite, mais ayez pitié de votre enfant, c'est votre devoir, évitez une trop grosse émotion.

— Mais s'il meurt, que faire, pour toutes ces lugubres choses?

— Ne suis-je pas là, moi, votre ami?

— Vous aurez la bonté de vous en occuper?

— Certes, et avec un soin pieux. Une fois mort, l'homme même qui a brisé notre bonheur, nous est sacré...

— Merci, fit-elle.

— Et, du reste, Marcelle, il le faut; s'il meurt faites-moi appeler. Pour sauver votre réputation il faut que je sois là. Le monde alors dira, — c'était un ami d'enfance ou un parent, voilà pourquoi la vicomtesse de Tressac le faisait soigner par sa sœur de lait et pourquoi elle allait le voir parfois.

Il la mit en voiture, donna, comme l'autre fois, l'adresse à son cocher.

Carmen sortait comme elle allait partir. Sur son ordre la voiture s'arrêta pour laisser monter la mulâtresse.

Les deux femmes n'échangèrent pas une parole, mais toutes deux pleuraient.

Elles trouvèrent Georges haletant, il avait une

fièvre ardente. Il voulait se lever ; Beppo avait de la peine à le maintenir dans son lit.

Il délirait, il prononçait des phrases sans suite.

Par moment l'expression de son visage devenait menaçante... il avait l'air de colloquer avec un personnage détesté... il crispait le poing, il lui disait des injures.

Marcelle lui prit la main, l'appela par son nom, il ne la reconnut pas, — et la prenant sans doute pour une ennemie imaginaire il s'écria :

— Que voulez-vous... éloignez-vous, — je ne vous connais pas, c'est mon aimée que je veux.

La mulâtresse repoussa Marcelle.

— Tu le vois, fit-elle avec un mauvais sourire, il est guéri lui aussi, et elle arrangeait les oreillers sous la tête du mourant, elle mettait ses lèvres sur son front brûlant, elle lui disait des mots d'une folle tendresse.

La jeune femme était stupéfaite... elle se demandait si tous les événements arrivés depuis quelques mois avaient fait perdre la raison à sa sœur de lait...

Georges ayant fait un brusque mouvement, elle voulut le prendre par les épaules pour l'empêcher de sortir de son lit.

— Ne le touche pas, — s'écria Carmen en secouant sa tête crépue et en fixant Marcelle d'un regard farouche...

Puis elle prit le malade dans ses bras, elle le remit doucement dans son lit, — tout en lui disant des mots d'amour, des mots que seule la passion inspire. Marcelle eut une pensée cruelle, — elle prit la mulâtresse par le bras, l'attira à elle et la regardant bien dans les deux yeux :

— Tu l'aimais donc d'amour toi?

— Oui, je l'aimais d'amour et depuis le jour où j'ai cessé d'être une petite fille pour devenir une femme.

Elle répondit cela sans se troubler, d'une voix ferme et haute.

— Et... tu as été sa maîtresse sans doute?

La mulâtresse secoua sa tête crépue avec un geste de colère.

— Est-ce qu'il aurait voulu de moi, lui si blanc? n'ai-je pas du sang noir dans les veines, moi!

— Mais, si tu l'aimais, pourquoi me reprochais-tu sans cesse de ne point l'aimer assez, pourquoi te mettre en colère lorsque j'ai épousé Henri... pourquoi au Brésil me disais-tu si souvent : « Sœur, aime bien Georges, il t'aime tant... pourquoi parle!

— C'est bien simple... je l'aimais, lui ne pouvait pas aimer Carmen la mulâtresse, mes baisers lui auraient fait horreur, mon corps bronzé ne lui aurait inspiré que répulsion, — mon amour était sans espoir, — mais je voulais que mon bien-aimé

fût heureux, fût-ce même par une autre... et c'est
pourquoi je te suppliais de l'aimer autant qu'il t'aimait.

Marcelle murmura : Est-ce possible, cet amour-là?
C'était à elle-même qu'elle se faisait cette réflexion.

— Si c'est possible, s'écria Carmen, les narines
dilatées par la fureur! Ah! tu trouves, toi, fille
blanche, cet amour impossible. Achève ta pensée, tu le trouves sans doute absurde... et moi, fille
de la race noire, je te dis que celle qui aime réellement est capable de tous les sacrifices ; je mettais le
bonheur de Georges si au-dessus du mien, que j'ou-
bliais mon malheur pour ne songer qu'à lui. Du
jour où j'ai vu que tu n'aimais pas Georges, je t'ai
haï, car j'ai compris que tu allais le faire souffrir, et je le voulais heureux, moi, je voulais qu'aucune larme amère ne jaillît de ses yeux. Tu n'as
pas su l'aimer... tu l'as fais souffrir, je ne suis plus
ta sœur, Marcelle, je suis ton ennemie.

— Mais, fit encore la jeune femme, comment
se fait-il que tu aies montré une si admirable abné-
gation lorsqu'il était bien portant et que tu sois
jalouse comme une tigresse du moribond, de celui
qui va mourir.

— Ah! tu ne comprends pas cela, fille de race
blanche!... Vivant, il ne pouvait pas m'aimer, la
mort me le donne... si mon corps est brun mon

âme est blanche, il la verra là-haut, cette âme tout
à lui... il la trouvera plus lumineuse que la tienne...
et c'est moi qu'il aimera, et là-haut dans le monde
des oumbis nous serons époux...

Georges délirait toujours, il se mit à fredonner
une chanson brésilienne... Carmen se mit à la
chanter avec lui. Le duo de ce mourant et de cette
fille folle d'amour, si elle n'était pas folle de folie,
avait quelque chose d'épouvantablement lugubre.

Marcelle se laissa tomber sur un fauteuil, elle
était brisée de désespoir et affolée de peur.

Georges fut pris d'une crise, son chant se termina
dans une sorte de râle.

La mulâtresse le tenait soulevé dans ses bras.

— Patience, mon aimé, nous arriverons bientôt au
beau pays des songes, au pays de la lumière ; là tu
ne souffriras plus... nous serons heureux là-haut !
Courage, mon aimé.

Marcelle voulut prendre la main de l'agonisant.

— Ne le touche pas, cria Carmen, je te l'ai dit, il
ne t'appartient plus, la mort le fait mien.

Sa figure brune s'illuminait, ses yeux lançaient
des flammes...

— Va, va retrouver l'autre, celui que tu aimes.

— Je ne veux pas te le disputer, ma sœur, — fit
doucement Marcelle; seulement je voudrais faire appeler un prêtre.

— Un prêtre?... oui, tu as raison, il faut un prêtre, il nous bénira, il bénira nos fiançailles, n'est-ce pas, mon Georges, mon époux... Va le chercher, hâte-toi.

Et elle aidait Marcelle à remettre son manteau et son chapeau et elle répétait... « Hâte-toi! un prêtre! oui, il nous faut un prêtre. »

La jeune femme remonta dans sa voiture, elle se fit conduire à l'église Saint-Augustin. Se souvenant de la prière que lui avait adressée son mari, elle se nomma, elle dit au curé que Georges de Sirvanos était le fils d'une amie intime de sa mère, qu'ils avaient été élevés ensemble. Le prêtre s'empressa de la suivre. Pendant le trajet, elle parla de Carmen.

— Cette pauvre fille, dit-elle, qui déjà avait la nostalgie de son pays, en assistant à l'agonie de cet ami d'enfance, devenait folle, elle divaguait — mais, ajouta-t-elle je l'aime tendrement, c'est ma sœur de lait, je la soignerai si bien qu'elle guérira, je l'espère.

Sur le conseil du prêtre, en descendant de voiture, Marcelle envoya la concierge chercher une religieuse pour garder le mourant, l'abbé donna l'adresse d'un couvent, il écrivit un mot sur sa carte afin que la religieuse fît diligence.

Ils rencontrèrent le docteur dans l'antichambre. Marcelle lui répéta ce qu'elle avait dit au curé, elle ajouta que son mari, le vicomte de Tressac, allait venir.

Le docteur déclara que le malade était perdu, absolument perdu. Carmen vint vers eux, ses traits étaient contractés, la douleur avait ployé sa haute taille, elle faisait peine à voir.

— Il va mourir, n'est-ce pas, docteur?

— Il ne passera pas la nuit, répondit celui-ci.

Elle eut un éclat de rire convulsé, strident, un rire de folle. — C'est bien, la noce, sera pour cette nuit.

— Cette fille était sans doute la maîtresse de ce jeune homme, fit tout bas le docteur à Marcelle.

Elle fit un signe négatif.

— Alors elle est folle, éloignez-la, dit-il sur le même ton.

Carmen était retournée près du lit de Georges; aidée par Beppo elle allumait des bougies, elle mettait une courtepointe de dentelle sur le lit.

Il avait un délire affreux, il ne reconnaissait plus personne; le prêtre ne put lui donner que l'absolution, puis il se mit à réciter les prières des agonisants.

La mulâtresse s'était agenouillée près du lit, elle tenait une des mains de Georges, et, tout bas, dans le doux langage créole, elle lui disait; — « Écoute, écoute... tais-toi, on prie pour nous! »

Le bon nègre Beppo pleurait à sanglots... Pleurait-il le bon maître ou pleurait-il les bons gages —

qui le sait? peut-être pleurait-il de cette épouvante que causent les approches de la mort. Marcelle, agenouillée au pied du lit, étouffait ses sanglots, elle pleurait celui qui fut son ami d'enfance, elle pleurait le père de son enfant.

Lorsque le prêtre eut fini de prier et comme il allait sortir, la mulâtresse vint vers lui, et s'agenouillant, elle dit :

— Bénissez-moi, mon père.

— Oui, mon enfant, lui dit-il avec bonté, je vous bénis, et je demande à Dieu de vous accorder la grâce de vivre et de mourir dans la loi du Seigneur.

Elle avait joint les mains et courbé la tête.

— Merci, mon père, fit-elle en se relevant et en retournant près du lit.

Comme le prêtre venait de partir, la religieuse mandée arrivait.

En la voyant Carmen eut un mouvement de colère :

— Je veux rester seule auprès de lui, dit-elle.

Marcelle, vu l'état dans lequel elle voyait cette pauvre fille, ne voulut pas la contrarier, elle pria la religieuse de vouloir bien rester dans la chambre à côté, elle lui dit simplement d'excuser les bizarreries de Carmen, car la folie paraissait envahir son cerveau. Comme elle rentrait dans la chambre, la

mulâtresse la prit par la main et la conduisant
vers le lit ;

— Agenouille-toi, lui dit-elle durement, — de-
mande-lui pardon de n'avoir pas su l'aimer.

Machinalement Marcelle obéit.

— Mon pauvre Georges, balbutia-t-elle, je te
demande pardon de n'avoir pas pu t'aimer comme
tu souhaitais être aimé — et de t'avoir fait souffrir.

— A présent, dis-lui bien que tu aimes l'autre.

— Oh ! fit Marcelle... tais-toi... s'il avait encore
un éclair de raison, je lui ferais du mal.

La mulâtresse appuya lourdement la main sur
l'épaule de la jeune femme, elle se pencha sur elle,
Marcelle sentit sa respiration brûlante dans le cou,
et cette respiration lui fit l'effet d'une morsure, elle
eut un frisson de peur.

— Je le veux, entends, je le veux ; dis-lui que tu
ne l'as jamais aimé d'amour, et que c'est l'autre que
tu aimes.

Marcelle comprit que si elle n'obéissait pas à
cette pauvre folle, celle-ci allait l'étrangler.

Et elle répéta : « Mon pauvre Georges pardonne-
moi, mais je ne t'ai jamais aimé d'amour, hélas !
c'est Henri de Tressac que j'aime.

— Bien, fit Carmen, à présent relève-toi, et va-
t'en.

Elle la souleva brutalement par le bras.

Marcelle se releva, s'éloigna du lit.

La mulâtresse se pencha vers l'agonisant, et tout en riant et en pleurant, elle couvrait ses mains et sa chevelure de baisers. Tu l'as entendu... mon Georges... elle ne t'a jamais aimé, elle, tandis que moi, vois-tu, je t'aime depuis que je suis née à l'amour ; j'avais dix ans à peine lorsque ton doux regard à pris mon cœur. Ah ! cher mignon, tu verras comment Carmen sait aimer... et apprends bien ceci... tu vas le voir du reste, mon âme est blanche... tu la trouveras belle, l'amour la rend toute rayonnante ?

Georges de Sirvanos n'entendait rien, à présent le râle le prenait, il faisait des gestes saccadés avec les bras, on aurait dit qu'il voulait éloigner le spectre de la mort qu'il voyait s'avancer vers lui.

Carmen le prit dans ses bras, et elle se mit à lui chanter à mi-voix de ces chansons brésiliennes qui servent là-bas aux nourrices pour bercer et endormir les bébés.

Marcelle souffrait de voir souffrir et agoniser Georges.

Mais elle souffrait aussi de l'état dans laquelle elle voyait sa sœur de lait ; elle ne put retenir un sanglot convulsif.

La mulâtresse bondit vers elle, l'œil farouche. — Que fais-tu là, je t'ai dit de partir ; — sache ceci, si tu osais me le disputer à présent, je te tuerais.

— Calme-toi, de grâce, ma sœur, je ne te le dispute pas.

— Je ne veux pas qu'il te voit le pleurer.

— Pauvre Carmen, c'est sur toi que je pleure, ta souffrance me serre le cœur. — Elle voulut lui prendre la main, mais la mulâtresse retira sa main... je ne veux pas que tu pleures sur moi, car je vais être heureuse; va retourne vers l'autre...

Elle la prit brutalement par le bras, la poussa dans la pièce voisine, et elle se ferma à double tour de clef dans la chambre du mourant.

La religieuse récitait à haute voix la prière des agonisants.

Marcelle eut peur; qu'allait faire Carmen... elle la vit par le trou de la serrure ouvrir un bureau, elle en sortit une grande lettre qu'elle lut, puis qu'elle posa sur la table; — ensuite elle la vit s'asseoir et écrire... qu'écrivait-elle?

Pourquoi écrivait-elle? elle la vit ensuite prendre des lettres et les jeter dans la cheminée.

Le râle de l'agonisant augmentait.

Lorsque Carmen eut fini d'écrire, Marcellle l'aperçut se déshabillant — elle défit un paquet; celui qu'elle avait apporté de l'hôtel. Elle en sortit une robe blanche.

Marcelle ne vit plus rien, sans doute la mulâtresse avait été devant l'armoire à glace.

16

Soudain une lueur se fit dans l'esprit de Marcelle, la mulâtresse voulait mourir avec celui qu'elle aimait, elle allait se tuer, dès que Georges aurait rendu le dernier soupir.

Elle secoua la porte, elle appela Carmen, elle lui parla en espagnol, et elle lui dit les choses les plus affectueuses, elle lui parla de son enfance, de sa mère, qui les aimait toutes les deux comme ses filles, elle la supplia de lui ouvrir, jurant de ne point s'approcher de Georges.

La mulâtresse vint près de la porte, et en espagnol, elle aussi, elle lui dit: — Me tente pas Dieu.

— Va-t'en, ta voix même m'est odieuse, ne trouble pas mon jour de noce, laisse-moi avec mon fiancé.

Beppo s'approcha de Marcelle : La mulâtresse aimait le blanc fit-il, elle va mourir avec lui.

Que faire? enfoncer la porte, arracher de force cette pauvre fille du lit de ce mourant?

C'était faire un scandale... et enfin Beppo et elle ne seraient point assez forts pour lutter victorieusement avec cette pauvre folle !

En cette horrible situation, Marcelle, pensa soudain à Henri de Tressac :

Elle remonta en voiture, elle donna l'ordre à son cocher d'aller au plus vite à l'hôtel.

Inquiet de ne pas l'avoir vu rentrer pour le déjeuner, de Tressac se promenait dans son fumoir en se demandant — ce qui la retenait là-bas.

Elle entra plus pâle qu'une morte, elle se laissa tomber sur un fauteuil, et d'une voix entrecoupée de sanglots elle lui conta tout — l'amour de Carmen pour Georges et l'état furieux dans lequel elle se trouvait, elle lui dit sa crainte qu'elle se tuât dès que le mourant aurait rendu l'âme.

Henri lui demanda en grâce de ne plus retourner là-bas ; — elle devait, lui disait-il, songer à son état. — Il lui promit de veiller sur Carmen, de la lui ramener et d'accomplir les devoirs funèbres envers le mort.

Il dut la soutenir pour la faire monter dans sa chambre : un tremblement convulsif agitait son corps.

Après avoir appelé sa femme de chambre pour l'aider à se mettre au lit, il se rendit rue Crevaux.

Georges Sirvanos ne lui apparaissait pas comme un rival, comme le complice de l'adultère de Marcelle — il se sentait plutôt coupable envers ce pauvre garçon qui avait aimé avec une tendresse infinie sa camarade d'enfance, qu'il lui avait enlevé par un mariage monstrueux.

Enfin, il savait qu'elle ne l'avait point aimé d'amour, et tout ceci faisait qu'il ne se sentait aucune animosité contre cet agonisant.

Beppo était derrière la porte, suppliant Carmen de lui permettre de l'aider à assister le jeune maître en ses derniers instants, et d'ouvrir la porte.

La mulâtresse ne lui répondait pas, mais on l'entendait parler à Georges de Sirvanos.

La religieuse priait tout bas.

Henri de Tressac écouta un instant pour se rendre compte de ce qui pouvait se passer dans la chambre.

La voix de la mulâtresse, disant des phrases de folle passion au moribond dont le râle était bruyant, cela formait un duo sinistre.

Soudain, il y eut comme un gros soupir, le râle cessa... Attends-moi, mon bien-aimé, fit Carmen.

— Donnons une forte poussée à la porte, dit de Tressac à Beppo.

Les deux hommes s'arc-boutèrent contre la porte, qui céda au bout d'une minute.

Carmen avait poussé un cri étouffé, et, au milieu du bruit qu'avait fait la porte en se brisant, les deux hommes avaient entendu une sourde détonation.

Un horrible spectacle s'offrit à leurs yeux.

Georges de Sirvanos avait rendu le dernier soupir, ses yeux grands ouverts fixaient le plafond.

Carmen, tout de blanc habillée, était couchée sur le lit, elle tenait le cadavre étroitement embrassé, par son bras gauche, et, dans sa main droite crispée, elle tenait un revolver.

Elle s'était tiré un coup de revolver dans le cœur.

Un flot de sang sortait de la blessure, inondant sa robe blanche et jaillissant sur le cadavre.

Henri de Tressac et Beppo reculèrent épouvantés de ce spectacle.

La religieuse qui était entrée dans la chambre, s'agenouilla et se cacha le visage avec ses mains pour ne point voir.

Les deux hommes, faisant un effort pour vaincre leur effroi, s'approchèrent.

Carmen respirait encore, ses yeux étaient ouverts, mais elle eut une dernière convulsion qui jeta son corps sur celui de Georges. La tête de la mulâtresse vint tomber sur le visage du mort, on aurait dit que ses lèvres cherchaient celles du jeune homme.

Sa main s'ouvrit, le revolver s'en échappa.

— Elle est morte, à présent, dit Beppo, son âme a suivi de près celle du jeune maître. Unis dans la mort, ils seront unis au pays des ombres.

De Tressac envoya chercher un docteur, et aussi le commissaire de police.

En attendant leur venue, il se mit à prier, et il s'agenouilla auprès de la religieuse.

Le docteur arriva le premier ; il constata les deux

décès. Carmen avait eu le cœur transpercé par la balle.

Le commissaire de police vint suivi de son secrétaire. Il recueillit les témoignages de ceux qui avaient assisté à ce drame.

Henri de Tressac donna les noms des morts ; il appuya sur l'amour ardent que la mulâtresse avait pour le jeune homme.

A la demande qu'on lui fit s'il pensait qu'elle fût la maîtresse de ce Brésilien, il s'empressa de rendre hommage à l'honnêteté de celle qui avait été la sœur de lait de Marcelle.

Elle était son amie d'enfance, et sans doute un amour sans espoir était né en son cœur.

Fort naturellement, il dit que Georges de Sirvanos avait été le fils d'une amie intime de la mère de la vicomtesse de Tressac qui était venu le voir souvent pendant sa maladie.

Lorsqu'il vit le commissaire de police ouvrir le secrétaire et fouiller dans les papiers du mort, il eut un moment d'angoisse ; peut-être allait-on trouver des lettres de Marcelle, établissant sa faute. Mais il fut bientôt rassuré ; ayant jeté les yeux dans la cheminée, il vit des lettres à moitié brûlées ; il reconnut sur une adresse l'écriture de Marcelle.

Il repoussa dans le foyer tous les papiers épars. Il m'est avis, dit-il, que nous devons respecter les secrets du mort, et rendre à la flamme ce qui lui a été jeté.

Le commissaire approuva d'un geste.

La mulâtresse, malgré la haine qu'elle avait vouée à sa sœur de lait, avait, avant de mourir, jeté au feu toutes les lettres et les billets que la jeune femme avait adressés à Georges.

Sur la table, il y avait une grande feuille de papier timbré toute ouverte : c'était le testament de Georges.

Il avait été écrit quinze jours auparavant.

Par ce testament olographe, Georges de Sirvanos faisait Carmen sa légataire universelle ; il lui laissait deux cent mille francs en toute propriété et il la chargeait de faire du surplus de sa fortune, huit cent mille francs à peu près, l'usage qu'il lui avait indiqué, et il déclarait avoir une entière confiance en elle, et demandait qu'elle fût mise en possession aussitôt que faire se pourrait.

Henri de Tressac devina facilement que le jeune homme avait voulu charger la mulâtresse de conserver ces huit cent mille francs à l'enfant que portait en son sein Marcelle.

Carmen, sur une autre feuille de papier, et, celle-ci, datée d'une heure avant sa mort, avait écrit ceci :

« J'accepte le legs et la fortune de Georges de Sir-

vanos ; je lègue à ma sœur de lait, Marcelle de Morénos, vicomtesse de Tressac, les deux cent mille
francs qui me sont légués, et, comme elle connaît
l'usage qui devait être fait des autres huit cent
mille francs, je la charge de remplir les volontés du
mort. Marcelle de Morénos doit donc être mise en
possession, à mon lieu et place, de la fortune de
Georges de Sirvanos.

» CARMEN. »

P.-S. — J'aime Georges de Sirvanos depuis que
mon cœur vit, je ne saurais lui survivre. Dès qu'il
aura rendu le dernier soupir je me tuerai, mon âme
s'est fiancée à la sienne. Je vais le suivre aux pays
des ombres afin de m'unir à lui pour l'éternité céleste ; je prie Marcelle de Morénos, vicomtesse de
Tressac, de faire déposer mon cadavre dans le tombeau qui sera élevé à Georges ; *je veux* que la mort
réunisse nos corps comme elle aura réuni nos
âmes.

Le docteur était resté là. Il avait fait transporter
le cadavre de la mulâtresse, sur un autre lit.

Beppo, avec un zèle pieux, faisait la toilette des
morts.

— Que dites-vous, docteur, de cette mulâtresse?
fit le commissaire en souriant.

— Je ne puis dire qu'une chose, c'est qu'elle devait
être folle !

— Pourquoi folle ? demanda de Tressac.

— Mais elle était pour le moins folle d'amour ; se tuer à côté de ce cadavre, c'est fort, savez-vous!

— Moi je la trouve sublime ! Pauvre fille ! et de Tressac essuya une larme.

— Comment, vous, vicomte, un vrai Parisien, vous comprenez cet amour de sauvage ?

— Si se tuer pour suivre l'être aimé indique que l'on ne soit qu'un sauvage, je vous l'avoue, docteur, je ne suis pas digne d'être appelé un vrai Parisien.

— De toutes les folies, celle de l'amour est la plus répandue et c'est encore celle qui fait commettre les plus grosses folies, répondit en souriant le docteur.

Le commissaire de police avait envoyé chercher un juge de paix pour mettre les scellés.

Le grave personnage arriva, il constata qu'il y avait vingt-cinq mille francs en or ou en billets dans le secrétaire ; les testaments fu'ent donnés au vicomte de Tressac, puis les scellés furent mis sur le bureau et sur les deux armoires qui se trouvaient dans l'appartement.

Beppo et le concierge furent nommés gardiens des scellés.

On envoya chercher deux autres religieuses pour veiller les morts, celle qui venait d'assister à ce drame se déclarant incapable de passer la nuit.

Le docteur s'en alla conter ce suicide à son ami Villemessant qui s'empressa de faire faire un article à sensation sous ce titre. « Comment aiment les filles de la race noire, la suicidée d'hier. »

Le commissaire s'empressa d'aller rédiger son rapport pour la préfecture de police.

Le juge s'en alla, heureux de penser qu'il pourrait conter un drame intéressant au grand dîner auquel il était invité ce soir même.

Henri de Tressac retourna chez lui, très ému et vivement impressionné, mais, sans s'en rendre compte, il éprouvait une sorte de soulagement, une fin d'angoisse, il lui semblait qu'à présent, Marcelle et lui n'étaient plus à jamais séparés en amour.

Celui qui l'avait possédée n'était plus.

Celle qui avait été la confidente de sa faute dormait, elle aussi, du sommeil éternel.

Nul autre vivant ne pouvait soupçonner son déshonneur, et il lui semblait que ce déshonneur s'effaçait.

En son cœur il s'éveillait une sorte de joie égoïste qui lui aurait fait horreur, s'il s'en était bien rendu compte.

Mais il était trop troublé pour chercher à analyser ses sensations.

Il trouva Marcelle alitée; toutes ces terribles émotions lui avaient donné une forte fièvre.

Ses gens avaient fait appeler le docteur de la maison. De Tressac le trouva installé au chevet de la malade qui délirait.

Allait-elle mourir elle aussi ! Allait-elle, comme la mulâtresse, suivre Georges Sirvanos dans l'autre monde.

Cette pensée lui donna une sorte de rage jalouse.

— Que pensez-vous de son état ? demanda-t-il au docteur.

Celui-ci lui avoua que ne connaissant pas la cause qui avait déterminé cette fièvre subite, il ne pouvait se prononcer sur le caractère de la maladie.

Henri de Tressac lui conta, en ne parlant bien entendu que de l'amour de la mûlâtresse, le commencement du drame auquel elle venait d'assister.

— Ceci m'éclaire, nous avons affaire à une fièvre nerveuse.

— Ce n'est pas dangereux alors, fit-il d'un air joyeux.

— Tout peut être dangereu : dans l'état de grossesse où se trouve la vicomtesse, une forte émotion pourrait déterminer un avortement.

Il examina encore la malade, il fit plusieurs prescriptions, et il annonça qu'il reviendrait dans la soirée.

Henri de Tressac s'installa dans la chambre de sa femme, c'est-à-dire de celle qui n'était pas sa femme, qui n'avait pas même reçu de lui un baiser d'amour.

Il s'assit à son chevet, renvoya la femme de chambre en lui disant qu'il sonnerait s'il avait besoin d'elle.

Marcelle s'agitait; elle devait revoir dans les hallucinations de la fièvre la scène terrible à laquelle elle avait assisté, et elle répétait ce que la jalouse mulâtresse lui avait imposé de dire, elle s'écria soudain :

— « Oui, calme-toi, Carmen, ne sois pas jalouse, je n'ai jamais aimé Georges d'amour, c'est lui, tu le sais bien, c'est Henri que j'aime! »

En entendant cela, il perdit la tête, il se leva d'un bond et il déposa sur les lèvres de la malade un long baiser d'amour, le premier.

Mais, elle se dégagea.

— Carmen, Carmen, tu me fais mal, et quoi! tu veux me tuer; moi ta sœurete qui t'aime tant, tu veux que je lui demande pardon de l'avoir fait souffrir, et est-ce ma faute, je ne pouvais pas l'aimer autrement qu'en frère; tu avais raison, l'amant de Régina m'a ensorcelé, je ne puis pas ne pas l'aimer?

Henri de Tressac, penché sur elle, respirait son souffle, il écoutait ses paroles, il était affolé, et il la prenait dans ses bras, il la serrait sur son cœur, il couvrait de baisers fous sa chevelure fauve.

Marcelle, sous l'empire de la fièvre, n'avait aucun tressaillement amoureux : elle était inconsciente, elle ne le reconnaissait pas.

Un moment la fièvre augmenta, elle porta la main à son front brûlant.

Ceci rappela à de Tressac ses devoirs de garde-malade : la soulevant doucement dans ses bras, il lui fit boire la potion ordonnée par le docteur, puis il lui mouilla le front avec des compresses d'eau froide.

La fièvre parut diminuer d'intensité, elle s'endormit.

Assis à côté de son lit, il la regardait dormir. Il la trouvait idéalement belle, avec ses cheveux dénoués, et son teint animé, et il se demandait comment il avait pu ne pas l'adorer, comment il avait pu vivre pendant trois mois sous le même toit qu'elle, sans en devenir éperdument amoureux.

Régina, non seulement était chassée de son cœur, mais elle n'était plus même dans sa pensée.

L'indifférence complète, implacable, succède à l'amour avec une rapidité étonnante.

Les paroles dites sous l'empire du délire étaient, il aimait à se le persuader, une preuve qu'elle l'aimait toujours... alors... qu'est-ce qui pouvait les empêcher d'être heureux... Le fantôme de ce mort ! il ne le craignait plus... L'enfant qui allait naître... ici l'entrave était plus grave, et il comprenait que cet enfant se dresserait toujours entre eux comme le souvenir terrible !

Le docteur avait parlé des dangers d'un avortement. Ce danger aurait dû lui apparaître comme une chance heureuse, eh bien ! non... il ne le souhaitait pas, bien au contraire ; il désirait que cet enfant vînt au monde, il voulait expier le crime d'avoir imposé à ce galant homme de marquis de Salvédro un enfant adultérin, et enfin il voulait conquérir le cœur de Marcelle, et se mériter un pardon complet, en aimant cet enfant, et en le traitant comme s'il fût le sien.

Il le sentait, ce serait un supplice, mais il voulait subir ce supplice ; elle avait souffert par lui, il voulait souffrir par elle. Il lui semblait que cette souffrance aurait une âpre volupté.

Il resta longtemps ainsi auprès d'elle, à rêvasser et à la contempler.

Il se fit remplacer dans sa douce mission de garde-malade, le temps seulement d'aller s'occuper des apprêts de la cérémonie funèbre.

Il donna à son homme d'affaires des ordres pour l'achat d'un terrain au cimetière du père Lachaise, et pour la commande d'un superbe mausolée.

Il alla lui-même à l'église Saint-Augustin pour demander pour le surlendemain un service de première classe.

Ici une difficulté surgissait.

Carmen s'était suicidée, il était donc impossible de porter son corps à l'église.

Il plaida la folie déterminée chez la mulâtresse par la nostalgie de son pays et par la vue de l'agonie d'un homme qu'elle aimait.

Le curé était un homme d'esprit et un homme de cœur, il promit d'aller lui-même expliquer ce cas intéressant de suicide à l'archevêché et il se fit fort d'obtenir la permission.

De Tressac, pour le remercier, et aussi peut-être pour rendre la cause meilleure, lui donna cinq mille francs pour ses pauvres. Tous ces soins pieux accomplis il rentra à l'hôtel, et après un frugal souper, il alla reprendre son poste de garde-malade.

Marcelle avait toujours une forte fièvre, mais le docteur revint, et il assura que le mal n'ayant point augmenté, il espérait que la maladie ne prendrait pas un caractère alarmant.

De Tressac passa toute la nuit auprès d'elle. Aidé par une femme de chambre, il lui donna les soins les plus empressés.

La pensée qu'elle pourrait mourir lui serrait le cœur, et il se disait que si ce malheur lui arrivait, il imiterait l'exemple que lui avait donné la mulâtresse, il se tuerait sur son cadavre et qu'il partirait avec elle pour les régions d'outre-tombe.

Je ne me dissimule nullement que beaucoup de mes lecteurs se diront que mon héros est un type improbable, qu'il faut qu'un homme ait des sentiments vils, pour aimer une femme qui a commis une faute et qui en porte le fruit en elle.

Que voulez-vous, je n'invente pas, je conte une histoire vraie, en fait de documents humains, l'amour et la passion, nous en offrent de bien étranges.

Dire : l'homme devient amoureux dans telles ou telles circonstances, il cesse de l'être dans telles autres.

La passion inspire tels ou tels sentiments et détruit ceux-ci.

Dire cela c'est ne pas connaître le cœur humain, qui est un abîme, un noir grimoire, où il est bien difficile de lire.

C'est oublier que pas un cœur ne ressemble à un autre cœur. Au moral, chaque homme est aussi dissemblable d'un autre homme qu'il l'est au physique.

La vérité est qu'Henri de Tressac avait ressenti une sorte de haine pour Marcelle, alors qu'elle était sa fiancée et une pure et belle jeune fille qui l'aimait.

Il n'avait eu pour elle qu'une indifférence complète pendant ces trois mois passés sous le même toit, liés par la loi et par l'Église.

Et à présent, qu'elle n'était plus qu'une femme coupable, souillée par l'adultère, il était pris d'une passion ardente pour elle, il avait soif de son amour, il la désirait de toutes les forces de son être.

Certains hommes peuvent aimer des femmes qu'ils méprisent ; c'est une sorte d'amour des sens et de passion bestiale qu'ils ont pour elles.

Henri de Tressac éprouvait bien pour elle ces sentiments-là, mais en plus il ressentait une immense tendresse pour elle, et il se complaisait si bien à excuser sa faute qu'il n'avait pas de mépris pour elle ; elle s'était vengée, et il lui en avait donné le droit, se disait-il.

Il la veilla avec une tendre sollicitude pendant toute la nuit ; vers le matin, il profita d'un peu de calme qui se manifestait dans l'état de la malade, pour aller prendre quelques heures de repos.

Le docteur alla le réveiller à onze heures ; il lui portait une fâcheuse nouvelle, c'était une fièvre typhoïde qui se déclarait.

Mais le docteur s'empressa d'ajouter qu'elle avait un caractère bénin, et que s'il ne survenait pas de complication il répondait de la vie de la malade.

Henri de Tressac eut un serrement de cœur, une poignante tristesse s'empara de lui, il comprit combien il aimait Marcelle à la douleur que lui causait la crainte de la perdre.

17.

Il fut la voir, la fièvre augmentait, le visage de la eune femme était pourpre, ses yeux brillaient, et sa peau était brûlante et sèche.

Pas plus que la veille elle ne le reconnut; elle divaguait encore et elle prononçait des mots sans suite, parfois elle croyait parler à Carmen, et elle lui disait:

— Pourquoi me détestes-tu, ma petite sœur, je t'aime bien, moi.

Elle était encore, par moments, sous l'empire du funèbre drame de la rue Crevaux.

Le lendemain eut lieu, à Saint-Augustin, le service funèbre de Georges de Sirvanos et de Carmen Laré.

Le curé avait tenu parole; le corps de la mulâtresse put entrer dans l'église.

Henri de Tressac accompagna jusqu'au cimetière les deux corps; il était si triste et si préoccupé de la maladie de Marcelle qu'en le voyant on se disait qu'il devait conduire à leur dernière demeure des êtres qui lui avaient été bien chers.

Les deux corps furent déposés dans un caveau provisoire et il commanda à un sculpteur un superbe ombeau de marbre blanc.

Pendant trois semaines Marcelle fut excessivement malade. Henri de Tressac ne la quittait presque pas, il aidait ses femmes de chambre à lui prodiguer les soins les plus empressés.

Elle ne reconnaissait plus personne.

Enfin, un jour, le docteur annonça que tout danger avait disparu, que la convalescence allait venir; elle dormait d'un sommeil calme, sa respiration n'était plus oppressée; il ne voulut pas la réveiller, faisant remarquer que ce sommeil était réparateur.

— Je pense, dit-il au mari, que votre chère malade vous reconnaîtra à son réveil, mais elle sera très faible; évitez surtout de la laisser trop causer.

De Tressac promit de se conformer à cette prescription, mais il éloigna les femmes de chambre et il s'installa dans un fauteuil près du lit, de façon à ce que le premier regard de Marcelle, en ouvrant les yeux, fût pour lui.

Elle dormit longtemps, puis elle poussa un gros soupir. Elle porta la main à son front et elle ouvrit les yeux.

Elle eut un air étonné, elle regarda son mari comme hésitant à le reconnaître.

— Souffrez-vous moins, Marcelle? fit-il doucement, en prenant dans les siennes une des mains de la jeune femme.

— Je ne souffre pas, Henri, fit-elle en lui souriant affectueusement. Seulement je sens ma pauvre tête toute lourde, mes idées sont confuses.

— Vous avez été bien malade, mon amie.

— Y a-t-il donc longtemps que je suis malade?

— Trois semaines.

— Trois semaines ! fit-elle surprise... Je ne me souviens de rien ; qu'ai-je donc eu ?

— La fièvre typhoïde... mais tout danger est passé.

— Et vous êtes resté là à me soigner !.. C'est imprudent, vous pouviez prendre ce vilain mal.

— Je songeais peu à cela, je vous jure, j'étais bien trop préoccupé de votre état.

— Comme vous êtes bon, fit-elle... et comme je suis désolée de vous avoir donné tant d'ennuis !

— J'ai eu du chagrin, beaucoup de chagrin de vous voir tant souffrir. A présent la joie de vous voir revenir à la vie me fait tout oublier... mais le docteur m'a défendu de vous laisser causer ; buvez un peu de ce bouillon et tâchez de vous endormir encore.

Il lui offrit la tasse, l'aida à se soulever ; elle but, reposa la tête sur l'oreiller et elle ferma les yeux.

Mais elle ne dormait pas, elle essayait de se ressouvenir ; que s'était-il donc passé ? Pourquoi Henri était-il seul dans sa chambre, où donc était Carmen ?

Tout à coup elle tressaillit : un vague souvenir lui revenait. Georges agonisait ; Carmen s'était enfermée dans sa chambre ! Mais de cela il y avait donc trois semaines. Que s'était-il passé, qu'était devenue la mulâtresse ?

— Henri, fit-elle, où est Carmen?

— Il pâlit, qu'allait-il lui dire? lui conter le sombre drame, n'était-ce pas lui donner une émotion pouvant la faire rechuter ; il répondit en balbutiant qu'elle était malade.

Elle le regardait dans les yeux, comme pour y lire la vérité.

— Non, fit-elle en secouant la tête, vous voulez me tromper, je le vois bien, dites-moi la vérité.

— De grâce, Marcelle, ne songez pas à toute cette triste histoire dans ce moment-ci, vous êtes encore trop faible. C'est votre garde-malade qui vous supplie d'être raisonnable.

— Alors... c'est que cette pauvre sœur est morte?

Il baissa la tête, se disant qu'il était inutile de mentir, puisqu'il faudrait bien un jour lui apprendre la vérité.

— Morte !... pauvre Carmen !

De grosses larmes vinrent mouiller ses yeux et coulèrent sur ses joues.

— Marcelle, de grâce songez qu'à peine vous entrez en convalescence, songez que vous avez été très malade.

— Je serai raisonnable... mais dites-moi comment elle est morte; je me souviens, elle était enfermée dans la chambre, elle était comme une folle.

— Eh bien ! elle s'est tuée sur le cadavre de celui qu'elle aimait ; je suis arrivé trop tard ; pendant que nous enfoncions la porte, Beppo et moi, elle s'est tirée un coup de revolver dans le cœur.

— Pauvre sœur!... elle a voulu suivre celui qu'elle aimait

Henri lui dit ce qu'il avait fait pour la funèbre cérémonie, et le tombeau qu'il avait commandé.

— Merci, mon ami, vous êtes le meilleur et le plus dévoué des amis. Oui, il faut qu'ils dorment dans le même tombeau, pendant que leurs âmes sont unies là-haut.

Il lui parla du testament.

— Que comptez-vous faire, lui demanda-t-il avec un peu d'anxiété.

— Mais, si Georges a des parents pauvres, on leur laissera cet argent ; s'il n'a pas de parents, et je le crois, nous léguerons, si vous le voulez bien, cet argent à l'œuvre du rachat des esclaves, et cela, en souvenir de la pauvre Carmen.

Il prit sa main et la serra avec effusion.

— Merci, merci, Marcelle. Il m'aurait été très dur de vous voir accepter cette fortune. Vous êtes riche, moi aussi, et nous avons assez pour nous et pour lui et à présent, il faut vous reposer... et suivre l'ordonnance du docteur.

Il prit un livre et il se mit à lire, et elle ne tarda

pas à se rendormir. Huit jours après, elle put se
lever quelques heures; les forces lui revenaient
assez rapidement.

Henri de Tressac avait envie de quitter Paris, de
s'éloigner et surtout d'éloigner Marcelle de cette
ville où tant de sombres événements s'étaient accomplis.

Il demanda au docteur si l'air pur des champs
ne hâterait pas la convalescence de sa femme.

Celui-ci répondit que la campagne lui serait très
salutaire, que le grand air lui donnerait des forces
à elle et à son enfant qui avait dû souffrir pendant
la maladie de la mère.

Alors, un soir que pour la première fois elle avait
pu rester levée toute la journée et dîner à table avec
lui. J'ai, lui dit-il, ma chère Marcelle, un château
que vous ne connaissez pas encore; il est situé dans
la poétique et pittoresque Bretagne; de la grande
terrasse du second on aperçoit de loin l'Océan. Voulez-vous y venir ?

— Moi j'irai avec bonheur. Mais vous, Henri, vous
allez vous sacrifier pour moi, renoncer, alors que
la saison n'est point finie encore, aux plaisirs de
Paris.

— Je vous jure, Marcelle, que je serai très heureux
de quitter Paris et d'aller passer quelques mois
dans notre château et, du reste, que ceci vous en-

lève tous scrupules, j'ai besoin d'y aller ; il y a des coupes de bois à faire et des réparations urgentes à surveiller.

— Si c'est ainsi partons, dit-elle gaiement ; du reste les lilas sont en bourgeons, le printemps va venir.

Quinze jours après, ils quittèrent Paris tous les deux emmenant leurs gens et leurs chevaux.

X

LE DEUXIÈME AMANT DE LA MARQUISE DE SALVEDRO

Le marquis et la marquise de Salvedro étaient installés dans une délicieuse villa, qui semblait baigner ses pieds de pierres dans l'onde calme et azurée du lac de Côme.

Une de ses façades donnait sur une vaste terrasse d'où, par un petit escalier, on descendait sur un embarcadère et l'on pouvait aller se promener sur le lac; une barque et un batelier attendaient toujours là le bon plaisir des locataires.

La seconde façade donnait dans un vaste jardin planté d'arbres superbes et orné de fleurs rares; ce jardin montait en espalier vers la montagne.

La villa était meublée luxueusement.

La vue du lac, constamment sillonné par des ba-

18

teaux de plaisance, offre un coup d'œil amusant et fort mouvementé.

Les alentours de ce lac sont charmants, la végétation y est d'une grande richesse. Des villas coquettes sont disséminées tout autour; de loin on dirait des nids, les uns roses, les autres bleus, enfouis dans des grosses touffes de verdure.

Régina fut émerveillée, elle trouva que ce site était le plus enchanteur de tous ceux qu'elle avait vus.

La fin de l'hiver était tiède; enveloppée dans des fourrures, elle restait des heures entières assise sur la terrasse et occupée à regarder passer les bateaux à vapeur, les bateaux de plaisance et les fragiles et légères petites barques.

Les nombreux oiseaux aquatiques qui voltigent sans cesse au-dessus des eaux l'amusaient beaucoup.

Le petit Jean paraissait ravi de ce spectacle tout nouveau pour lui.

Régina, nous le savons, physiquement se portait à merveille; sous l'influence de ce beau paysage, son moral devenait moins sombre, elle se disait qu'Henri de Tressac, aussi intéressé qu'elle, du reste, à détruire cette fatale lettre, saurait bien trouver un moyen par force ou par ruse de l'arracher à Marcelle et de la brûler; elle commençait à se rassurer, elle devenait gaie et enjouée.

Rénolds était le plus heureux des hommes et il avait écrit une lettre de remerciement au docteur X... « Vous êtes, lui disait-il, non seulement un grand savant, mais encore un vrai sorcier : le lac de Côme plaît à ma femme qui déjà se porte mieux ; il n'y avait pas deux jours que nous étions installés ici que j'ai vu le sourire éclore sur ses lèvres et son teint reprendre sa fraîcheur habituelle. Aussi c'est du fond du cœur que je vous dis merci. »

Ce grand sceptique de docteur X... avait ri aux larmes en lisant cette lettre. Pauvre aveugle de mari... l'amant est là et il ne le voit pas, s'était-il écrié.

Non, l'amant n'y était point encore, mais il ne tarderait pas à y venir. Régina, je l'ai déjà dit, était née d'une mulâtresse et d'un blanc, elle avait donc du sang de la race noire dans les veines.

Son corps avait cette élasticité de mouvements propres à la race noire ; il y avait de la couleuvre en elle et aussi de la chatte.

Mais, au moral, elle tenait de la race noire, elle manquait absolument de sens moral.

Les hommes de couleur, qu'ils soient noirs, mulâtres ou simplement issus d'un mulâtre et d'une blanche, sont aussi intelligents que les blancs, alors qu'ils ont la bonne chance de pouvoir s'instruire.

Nous avons eu des hommes de réelle valeur, des

écrivains au style pur, à la verve intarissable, qui étaient issus d'homme de couleur. La preuve n'est plus à faire, la couleur n'empêche pas l'intelligence; intellectuellement parlant, il n'y a pas de race inférieure, il y a des races privilégiées qui ont pu bénéficier des progrès acquis.

Mais, par exemple, ce qu'on nomme sens moral, cette notion innée en nous du juste, de ce qui est bien de ce qui est mal, dans le sens délicat et raffiné et non dans le sens du vol et du crime, ce sens moral-là, la race noire ne le possède qu'en quantité infinitésimale.

Le tact, cette chose qui ne s'analyse pas et qui n'est compréhensible que pour ceux qui la possèdent, est une vertu dont paraît privée la race noire. Régina était bien de sa race; en ceci encore elle n'avait pas de tact, pas de sens moral. C'était une fort belle femme ayant la vanité de sa beauté, étant très orgueilleuse de son titre de marquise, comme sa grand'mère, la fille au corps d'ébène, avait été orgueilleuse d'un collier de corail ou d'un fichu de soie de couleur voyante.

Pendant les deux premières années de son mariage, Régina avait aimé tendrement son mari, non pour lui-même, mais parce qu'il était marquis; elle lui savait un gré infini de l'avoir faite marquise; peu à peu la gratitude s'était effacée, mais l'orgueil

était resté. Elle était aristocrate, elle avait un profond mépris pour ceux qui n'avaient pas de titres.
Elle aurait donné beaucoup pour descendre, elle
aussi, d'une noble famille, elle se figurait qu'elle le
ferait croire aux autres en se montrant entichée de
noblesse et dédaigneuse envers les roturiers.

Sa mère vivait encore, elle ne parlait jamais d'elle;
elle ressentait pour celle qui lui avait donné le jour
une sorte de haine; cette haine bête du blanc pour
le noir que l'on retrouve encore dans certains pays.
Si, par hasard, elle pensait à elle, c'était avec un
sentiment de honte et de mépris pour cette mère
qui n'était qu'une simple mulâtresse.

Elle avait trompé son mari sans l'ombre d'un
remords; très passionnée, d'une nature ardente, la
beauté blonde d'Henri de Tressac l'avait charmée;
elle s'était abandonnée à cet amour avec toute la
fougue de son tempérament de feu; sans le moindre
scrupule elle avait introduit un intrus, un fils de
l'adultère dans le foyer conjugal.

Elle n'avait point innée en elle la vertu, elle était
née d'une liaison libre. Transportée à Paris, elle
avait vécu dans un milieu où le sens moral faisait
passablement défaut.

N'avait-elle pas vu la princesse X... vivre publi-
quement avec un homme marié; la belle comtesse X... se vanter d'avoir dépensé cinq millions

pour le séduisant duc de X...; la femme d'un ministre aller d'un amant à l'autre; allant un jour avec l'un d'eux, un duc fameux lui aussi, danser à la closerie des Lilas; un mois après s'en aller en Suisse avec un autre amoureux, âgé de vingt-trois ans celui-là ! On se souvient encore de ce petit scandale. La dame est reconnue, on suppose qu'elle est avec son époux, on vient lui souhaiter la bienvenue elle paraît au balcon avec lui. Ébahissement du public en apercevant cet adolescent qui ne pouvait, à coup sûr, être le vieux ministre X... Régina avait encore connu une grande dame russe invitée au lundi de l'Impératrice et changeant d'amant avec une rare désinvolture.

Elle s'était liée avec la comtesse X... qui, tout le monde le savait, avait passé sa jeunesse dans une de ces maisons portant un gros numéro, et cette amie-là n'avait pas dû lui enseigner une morale bien stricte.

Enfin elle avait vécu au milieu d'une société de femmes qu'on avait nommées les cocodettes et qu'on aurait pu appeler les courtisanes mariées.

Cette société avait charmé Régina; elle y avait appris, par exemple, qu'on doit sauver les apparences, et on pouvait lui rendre cette justice qu'elle les avait si bien sauvées que le monde ignorait sa liaison de trois ans avec le vicomte Henri de Tressac.

Il est vrai qu'elle connaissait la jalousie sauvage du marquis de Salvedro, elle savait qu'il n'hésiterait pas à la tuer; la peur lui avait donné de la prudence.

Régina trouvait le lac de Côme un paradis terrestre, elle s'y plaisait, elle faisait des excursions avec son mari; c'était un jour une visite à la belle cathédrale tout en marbre de la ville de Côme, un autre jour une excursion sur les Alpes, puis des parties de bateaux.

Ce lac est le plus poissonneux du monde entier; son mari lui proposa de se livrer avec lui aux plaisirs de la pêche; elle eut une joie folle aux premiers poissons pris,

Mais, au bout de quelques semaines de cette vie champêtre, de continuels tête-à-tête avec son époux, elle bâilla à se démettre la mâchoire.

— Rénolds, dit-elle un jour, toutes ces villas que nous apercevons doivent être habitées; si tu t'informais un peu de ceux qui les habitent, nous verrions s'il y a des personnes avec qui nous pourrions voisiner.

Le marquis de Salvedro était ravi, lui, de ces longs tête-à-tête, il aimait tant sa Régina (cet isolement lui rappelait sa lune de miel); il fut donc très conrarié du désir exprimé par sa femme, mais il n'en laissa rien voir; il lui promit de s'enquérir dès le lendemain des noms de leurs plus près voisins.

— Le soir, de ce jour-là, le lac s'illumina vers les huit heures, et ils aperçurent une villa située en face d'eux de l'autre côté du lac qui s'éclairait soudain à giorno.

Elle eut envie d'aller voir de plus près cette villa en fête.

Le marquis fit appeler son batelier, et tous les deux bien emmitouflés dans de grandes pelisses, couverts de couvertures en fourrure, ils montèrent dans la barque.

— Traversez le lac, fit Régina, s'adressant au batelier.

— Ah! fort bien, leurs seigneuries vont voir la villa du prince, répondit le batelier, tout en donnant un vigoureux coup de rame.

— Quel est le prince qui habite là? demanda-t-elle curieusement.

— Comment, leurs seigneuries ne le connaissent pas. C'est un prince russe, il se nomme Azoumoff, il vit là en roi; il paraît qu'il est colossalement riche, — mais c'est un grand original, si tout ce qu'on raconte de lui est vrai.

— Un prince riche comme un Crésus et un original, il y en avait assez pour piquer la curiosité de la belle désœuvrée.

— Est-il beau au moins fit-elle en souriant, ce prince charmant?

— Oui, très beau, j'ai ouï conter qu'aucune femme ne pouvait le voir sans être subitement prise du mal d'amour.

— Elle eut un petit rire nerveux... quelle folie! et... sa femme, est-elle belle aussi ?

— Il n'a pas de femme, il n'a que des amoureuses; je crois que la fête de ce soir est donnée en l'honneur de la célèbre cantatrice Scradanilli; — j'ai entendu dire au café qu'il lui a envoyé cent mille francs dans une cassette en argent ciselé pour qu'elle vînt lui chanter un de ses airs favoris.

Sans se rendre compte du pourquoi, Rénolds de Salvedro était agacé de l'intérêt que semblait prendre sa femme à entendre les racontars du batelier, mais comme on approchait de la rive, Régina s'écria :

— C'est décidément un homme de goût, cette illumination est splendide!

En effet, les plus habiles artistes artificiers avaient été appelés par le prince Azoumoff; — la villa était féeriquement illuminée avec des lanternes vénitiennes.

On apercevait un feu d'artifice préparé sur les bords du lac que des feux de bengale éclairaient.

— Voyez-vous, Seigneuries, — dit le loquace batelier... c'est dans ce jardin vitré, à gauche, que se donne sans doute la fête. On dit, qu'il y a dans ce jardin des fleurs et des arbustes de tous les pays du monde. Il y a des grottes faites avec des coquillages qui sont toutes remplies de fleurs rares; — ce jardin est immense, comme vous le voyez... il sert de salon, de boudoir et de salle à manger. Le prince a des musiciens à sa solde, il dort, il mange, il rêve au son de la musique.

— Un fou, quoi, observa d'un air revêche Rénolds de Salvedro.

— Est-ce donc une folie, mon ami, que de s'accorder tous les raffinements du luxe et toutes les jouissances qu'il peut procurer, lorsque votre fortune vous le permet?

— Non, mais d'après tout ce que nous raconte cet homme, j'ai une triste idée de ce cosaque.

On était arrivé en face de la villa.

— Vos Seigneuries veulent-elles accoster?

— Oui, certes, s'écria Régina.

Son mari n'en avait pas la moindre envie, mais en esclave soumis il tendit la main à Régina qui sauta gaiement à terre.

Comme elle faisait remarquer qu'il n'y avait pas de barques devant la villa, et pas d'équipages sur la route, et qu'elle demandait comment les invités étaient venus, le batelier se mit à rire.

— Oh! fit-il, le prince ne donne jamais de fête que pour une seule personne, celle d'aujourd'hui est pour la belle prima donna; celle du mois prochain sera pour une autre beauté.

— Je vous le disais bien que ce prince russe est un toqué, — fit Salvedro.

— Moi je le trouve magnifique. On donne une fête à la foule par pur amour-propre, la donner pour une seule personne, c'est lui prouver combien on tient à lui plaire... le prince doit être amoureux fou de cette chanteuse.

Sans façon, le batelier se mêlant encore à la conversation, dit.

— Oh! je ne le pense pas, on assure que ce beau prince ne reçoit jamais deux fois la même femme; j'ai vu, moi qui vous parle, donner cinq fêtes dans cette villa; chaque fois un seul invité, une femme et jamais la même.

— Attendez-nous là, — dit un peu brusquement Salvedro au batelier; nous allons marcher un quart d'heure, puis nous viendrons nous réembarquer.

Il offrit son bras à Régina, qui tint à faire le tour de la villa. Le jardin était brillamment illuminé, il était transformé en serre; il s'en échappait des torrents de lumières et des torrents d'harmonie; il y avait tout un orchestre et des chœurs de femmes.

Les portes étaient hermétiquement closes. — A travers les vitres des croisées ouvertes on voyait aller et venir des domestiques. Une fusée donna le signal que le feu d'artifice allait être tiré. Régina voulut absolument le voir, et elle tint à le voir bien en face, c'est-à-dire rester devant la maison enchantée; elle avait l'espoir que le prince Azoumoff sortirait pour le voir, et elle pourrait de cette façon l'apercevoir.

Il ne sortit pas, mais une fenêtre s'ouvrit au premier et un jeune homme, grand, très blond s'accouda sur le balcon; à côté de lui vint s'accouder une femme brune qui avait la tête et les épaules enveloppées dans une mantille espagnole.

Le balcon étant éclairé par des lanternes vénitiennes, ces deux personnes se trouvaient en pleine lumière, Régina put voir que le prince était bel homme, qu'il avait grand air, malgré sa mise négligée, il portait une vareuse de laine blanche. La bise lui ayant paru fraîche, il ramena sur sa tête le capuchon blanc de sa vareuse, et dans le mouvement qu'il fit sa manche en remontant laissa à découvert un large bracelet d'or.

— Quelle idée, dit-elle tout bas à son mari, il porte un bracelet.

— Ne regarde donc pas ainsi ce fou, ce n'est pas convenable...

— Oh! fit-elle, il ne s'occupe guère de nous.

En effet le prince Azoumoff était très préoccupé de sa compagne à qui il murmurait à l'oreille des choses très drôles sans doute, car la prima donna riait très fort.

Le feu d'artifice fut superbe. Comme bouquet apparut soudain une couronne immense et au-dessous le nom de la Scrudanelli; le prince applaudit puis, donnant la main à la cantatrice, il la fit rentrer dans l'appartement et la fenêtre se ferma.

Le marquis et la marquise de Salvedro remontèrent dans leur barque.

Régina était toute rêveuse, son mari était de mauvaise humeur sans savoir pourquoi.

Le batelier était habitué à bavarder avec ses promeneurs, ce silence l'ennuyait, aussi finit-il par dire : « Ah! si Leurs Seigneuries voyaient la gondole du prince... elle est d'un joli !

— Comment est-elle? fit curieusement la jeune femme.

— Tout en satin bleu pâle, et ses bateliers sont habillés de couleur bleue aussi.

— Il se promène souvent sur le lac ?

— Chaque jour.

— Un homme qui fait mettre des tentures en satin bleu ciel à sa gondole, est-ce assez absurde !

— Mais non, Renolds, ce n'est pas absurde, vous l'avez bien vu, il a les cheveux et la barbe d'un blond d'or, le bleu va bien aux blonds, répondit-elle.

Ce soir-là, Régina s'endormit fort tard; elle rêva

19

beaucoup à ce beau prince, et elle se demanda par quel moyen elle pourrait arriver à se le faire présenter.

Salvedro s'endormit en se disant que les femmes étant de grands enfants, se laissant séduire par tout ce qui brille, il empêcherait cet original de venir tourner la tête à sa femme.

On le voit, il n'était point aveugle, ce mari jaloux, et il pressentait même le danger avant qu'il ne fût réel... l'ombre suffisait pour le mettre sur ses gardes, et Régina et Henri de Tressac avaient eu une rude chance de pouvoir le tromper si longtemps impunément.

A partir de ce jour Régina mit ses toilettes les plus seyantes, elle se promena souvent sur le lac, espérant apercevoir la fameuse gondole capitonnée en satin bleu. Mais gondole et prince restaient invisibles, et l'imagination de la jeune femme travaillait et rêvait de celui que son mari appelait un fou, mais qui selon elle devait être un amoureux exquis, un homme étrange.

Être étrange! ne pas être ce que sont tous les autres! voilà une vertu qui séduit certaines femmes.

Ne revoir jamais deux fois la même femme dénotait un grand amour du changement, mais quelle gloire pour celle qui arriverait à couper les ailes à ce bel inconstant!...

Elle se regardait dans son miroir de Venise, elle se trouvait si belle qu'elle souriait et se disait : S'il me voyait... à coup sûr il voudrait me revoir toujours. Mais comment arriver à voir et surtout à se faire voir !

Elle rappela à son mari qu'il lui avait promis de s'enquérir des personnes qui habitaient les bords du lac.

Le lendemain il lui annonça que la vieille princesse Gavini occupait une sorte de petit château situé à un quart d'heure de chez eux.

— Bravo ! allons lui rendre visite ; cette grande dame nous renseignera sur les personnes avec qui nous pouvons voisiner.

Et, se dit-elle tout bas, le prince Azoumoff va peut-être chez elle.

Elle mit une toilette exquise, une toilette de quinze cent francs, un grand chapeau Rubens qui lui donnait un petit air crâne, et toute joyeuse elle monta en voiture avec son mari.

Arrivés à la porte du château, car c'est un fort beau château qu'habite la princesse Gavini, ils envoyèrent leur valet de pied porter une de leurs cartes sur laquelle Renolds avait écrit ces mots : « Le marquis et la marquise de Salvador, habitant la villa du Dante, sollicitent l'honneur de faire une visite à la princesse Gavini. »

Cinq minutes après, un valet en grande livrée venait leur annoncer que la princesse serait enchantée de les recevoir, et il les introduisit dans un salon somptueux tout meublé en vieux meubles du quinzième siècle.

La princesse et le prince Gavini les accueillirent avec une bonne grâce charmante.

Le prince n'était plus jeune, il avait une cinquantaine d'années : la princesse en avait au plus trente-cinq, c'était une petite femme point jolie mais vive, alerte, intelligente et d'humeur enjouée.

On parla de Paris, du lac de Côme ; le prince avait la passion des fleurs, sa serre contenait la flore du monde entier ; il en fit les honneurs à ses visiteurs.

Les deux femmes se trouvèrent seules pendant que les deux hommes allaient visiter des plantations faites par le prince.

— Ne regrettez-vous pas les plaisirs de Paris ? demanda la princesse Gavini à Régina.

— Non, ce pays-ci me charme, mais par exemple la solitude commence à me peser un peu, et si vous me permettez de venir vous voir quelquefois, ce sera une vraie bonne fortune pour moi.

— Mais non seulement je vous le permets mais je vous en prie ; vous êtes charmante et déjà j'ai de la sympathie pour vous.

— Régina demanda s'il y avait des personnes à voir dans toutes ces villas.

La princesse lui cita une famille américaine très bien, un lord Anglais qui avait des filles charmantes, et une dizaine d'autres familles.

Elle ne parlait pas du prince Azoumoff, au grand déplaisir de Régina qui voulait obtenir d'elle des renseignements sur lui. Alors elle eut recours à la ruse, elle prit un air indifférent; — l'autre jour j'ai aperçu de l'autre côté du lac, en face de chez moi, une villa éclairée à giorno; était-ce le lord Anglais qui donnait une fête?

La princesse se mit à rire... Non, marquise, c'était le prince charmant.

— Un prince de contes de fées ?

— Tout à fait, d'abord il est beau comme l'Antinoüs, il a toujours sur les lèvres un sourire dédaigneux... ses yeux, les plus beaux du monde, sont d'un bleu turquoise, et malgré la croyance que les yeux noirs seuls savent bien parler d'amour, les siens sont fort experts à troubler celles sur qui ils se fixent, enfin Azoumoff est riche comme défunt Crésus, il a des mines de diamants en Sibérie qui lui rapportent je ne sais combien de millions par an.

— Un vrai prince des *Mille et une nuits*, à ce que je vois, princesse!

19.

— Oui, marquise et qui vit dans un palais digne de ceux décrits dans les *Mille et une nuits*... de plus on dit de lui des choses étranges...

— Qui sont !

La princesse se rapprocha d'elle et à mi-voix elle dit : C'est un homme ne vivant que pour l'amour, l'amour est le seul Dieu qu'il adore ; il lui a construit un temple magique... et il ne sacrifie à son idole qu'au son de la musique, et dans une grotte mystérieuse. On dit enfin une foule de choses bizarres.

— Il vit là avec sa femme.

— Il n'est pas homme à se marier. Il est, paraît-il, l'inconstance personnifiée ; jamais il n'a prouvé deux fois son amour à la même femme, il n'a que des maîtresses d'une nuit.

— Peut-être rencontrera-t-il un jour celle qui lui coupera les ailes ?

— Peut-être !

— Savez-vous, princesse, que ce que vous me dites de lui pique ma curiosité.

— Où voit-on ce prince charmant ?

— Ah! ah! la princesse eut un rire bon enfant... gageons que vous voudriez essayer de lui couper les ailes.

— Oh! se récria Régina.

— Nos maris ne sont pas là, nous pouvons parler franchement, nous, Italiennes, vous le savez, nous sommes franches, et de plus l'amour est pour nous la chose capitale de la vie. Je vous avouerai que j'ai eu un fort caprice pour Azoumoff, mais mon genre de laideur ne lui a pas convenu ; je m'en suis consolée ayant du reste le cœur occupé.

— Moi, et je serai franche, je n'ai encore qu'une forte curiosité de le voir et d'étudier sa nature qui doit être étrange, d'après tout ce que vous venez de me dire.

— Eh bien, marquise, nous devons donner dans huit jours un grand dîner suivi d'une sauterie. Demain mon mari et moi nous irons vous rendre votre charmante visite et vous inviter à notre dîner.

— Le prince Azoumoff y sera?

— Nécessairement.

Régina rougit de plaisir ; la princesse Gavini s'en aperçut et elle la plaisanta en femme du monde.

— Surtout, je vous en prie, pas un mot devant mon mari sur ce prince original, le marquis est jaloux comme un tigre.

— Oh ! fi, c'est un vilain défaut, et nous disons, en Italie : Jaloux trompé n'a que ce qu'il mérite.

Les deux femmes prirent congé l'une de l'autre comme de vieilles amies ; elles se convenaient, elles se sentaient prises de sympathie l'une pour l'autre.

Le lendemain, les Gavini vinrent rendre la visite

reçue et ils firent une invitation en règle pour leur dîner.

Invitation qui fut acceptée avec enthousiasme par Régina et avec politesse par Salvedro, qui voyait avec peine que ce long et doux tête-à-tête avec sa femme allait prendre fin.

Comme elle avait songé à la grave question de la toilette et qu'elle était partie de Paris avec dix caisses de chiffons, Régina n'eut pas de peine à se faire arranger par sa femme de chambre une toilette à sa guise.

Elle voulait moins une toilette riche, qu'une toilette originale et laissant voir la beauté toute plastique de son corps. Elle essaya toute sa garde-robe; aucun costume ne lui semblait assez seyant, alors elle voulut en inventer un.

Pendant trois jours, enfermée avec sa femme de chambre, elle fit, défit et fit refaire cette merveilleuse toilette; enfin elle s'arrêta à celle-ci : une longue robe très collante et à traîne, en satin cerise, entièrement recouverte de points de Venise. Le corsage, décolleté en carré, laissait voir une poitrine d'un blanc de nacre et d'une pureté exquise de formes. Une agrafe de diamant formait à peu près toute la manche, et le bras, que Phidias eût pris pour modèle se montrait dans toute sa nudité.

Son opulente chevelure noire nouée à la grecque

sur le cou était retenue par un peigne de diamants ;
derrière l'oreille, un camélia rouge était coquette-
ment niché dans les cheveux : un gros bouquet de
camélias rouges relevait en tablier la dentelle sur le
côté droit de la robe.

Une rivière de superbes diamants complétait cette
toilette, et, en vérité, Régina ainsi parée était
éblouissante de beauté.

Le dîner du prince Gavini fut servi en grand ap-
parat dans une vaste salle à manger meublée de
faïences anciennes.

Il y avait quarante invités.

Régina examina attentivement les femmes et les
jeunes filles ; cet examen amena un sourire de
triomphe sur ses lèvres ; pas une de ces femmes ne
pouvait entrer en lutte de beauté avec elle, et leurs
toilettes riches, mais peu parisiennes, étaient d'un
goût douteux.

Le prince Azoumoff arriva le dernier. Il portait
l'habit noir avec une rare élégance, et plusieurs
ordres et décorations ornaient son cou et sa poitrine.

Il avait dans ses gestes et dans sa démarche une
grande distinction, et il possédait cette aisance que
possède à si haute dose le grand seigneur russe. Sa
voix était harmonieuse et son léger accent russe en
faisait une sorte de caresse.

Régina ne lui jeta qu'un regard dérobé : en vraie

coquette, elle voulait être remarquée et ne point paraître remarquer.

La présentation fut hâtive, du reste, on devait passer dans la salle à manger.

Le prince Gavini mit à sa droite la femme de lord Deneralt, une vieille dame, et à sa gauche la marquise de Salvedro.

La princesse mit à sa droite lord Deneralt, à sa gauche le marquis de Salvedro. Le prince Azoumoff était placé à côté d'une dame suivant lord Deneralt, il se trouvait ainsi avoir la belle Régina en face de lui.

Elle affecta pendant un temps de ne pas lever les yeux sur lui, mais elle frissonnait en tout son être, car elle sentait comme peser sur elle le regard brûlant du prince.

En effet, celui-ci était frappé par sa beauté ; il l'examinait en fin connaisseur et une flamme s'allumait dans ses yeux.

Leurs regards enfin se rencontrèrent ; celui du jeune homme fut si expressif que Régina se sentir rougir. Elle se mit à causer avec le maître de maison pour dissimuler son trouble.

Pendant toute la durée du repas, elle se sentit admirée et convoitée ; les yeux du Russe avaient une grande éloquence, elle était très émue. Ce qui avait été curiosité allait-il se changer en passion profonde ; elle se demandait cela avec une sorte d'effroi.

Il lui semblait que la figure de son mari devenait sombre et morose, tout comme s'il avait une vague intuition de ce que les yeux du prince Azoumoff disaient effrontément à sa femme.

Parfois il fixait un regard scrutateur sur celle-ci, qui alors lui souriait tendrement, ou bien, affectait de causer avec son voisin.

Elle se disait qu'il lui faudrait de la prudence.

Déjà, elle entrevoyait la chute, et loin d'en être effrayée, elle en tressaillait d'aise. Elle était, cette belle créole, de cette catégorie des femmes ne comprenant guère que le mariage à trois.

L'amant est le complément destiné à rompre la monotonie, et du reste depuis quinze jours ne rêvait-elle pas de cet être étrange? de ce prince des *Mille et une Nuits*.

Elle le trouvait plus beau et plus séduisant encore qu'elle ne l'avait entrevu à la fenêtre de sa villa.

Après le dîner, les femmes passèrent au salon et les hommes allèrent dans l fumoir.

— Eh bien! comment le trouvez-vous? lui demanda tout bas la princesse Gavini.

Déjà elle éprouvait le besoin de dissimuler.

— Un peu poseur, il est bien, mais il a trop l'air de le savoir,

— Croyez-vous, il se sait beau sans doute. Mais ce que vous prenez pour de la pose est naturel chez lui.

— Du reste, on ne peut juger un homme qu'en causant avec lui.

— Ceci est vrai. Lorsque mes invités à la sauterie seront tous arrivés et que j'aurai un moment, je vous le présenterai mieux. Je veux que vous puissiez l'étudier à votre aise.

Ce ne fut pas sans une certaine satisfaction que, la sauterie commencée, elle vit son mari s'installer à une table de whist dans un petit salon assez retiré.

Elle allait donc pouvoir causer en toute liberté avec le prince charmant.

On aurait dit qu'il n'attendait que l'éclipse du mari pour venir à elle.

— M'accorderiez-vous une valse, madame? lui dit-il d'une voix un peu émue.

Sans rien dire, car elle aussi était émue, elle lui tendit la main.

Ils étaient l'un et l'autre de même nature, il était le passionné et le lascif blond, elle était la brune ardente.

Il était grand et souple, ses mouvements avaient une sorte de nonchaloir voluptueux, elle était grande, souple comme une couleuvre.

Ils valsaient tous les deux admirablement bien, cette valse fut un enlacement, une sorte de prise de possession, un prélude.

Ils n'échangèrent pas une parole, mais il la serrait contre lui plus fort que faire se doit, et il pressait sa mignonne main avec une sorte de rage.

Ils ne cessèrent de valser que lorsque l'orchestre se tut; volontiers ils auraient dit encore, tant ils avaient éprouvé de volupté à se sentir serrés l'un contre l'autre.

Il la conduisit dans une petite serre dont les deux grandes portes ouvertes donnaient dans le salon où l'on dansait et lui offrit un fauteuil.

— Vous permettez, dit-il, en s'inclinant et en s'asseyant près d'elle.

— Certainement, fit-elle.

Il n'y avait personne dans la serre, mais comme ils étaient assis en face de la porte donnant dans le salon, elle n'avait point à craindre qu'on lui reprochât de s'isoler avec le beau prince,

— Il la regardait, mais il se taisait.

Elle trouva le regard et le silence embarrassants,

— Savez-vous, prince lui dit-elle en souriant, qu'on m'a dit, sur vous des choses bien étranges.

— Vraiment ! et ces choses sont ?

Elle rougit et s'aperçut qu'elle venait de commettre l'imprudence de mettre la causerie sur un terrain brûlant.

— Comment, Marquise, elles sont si horribles que vous n'osez pas me le dire.

20

— On m'a simplement dit que vous adoriez la musique au point de payer cent mille francs à une prima donna pour venir vous chanter un de vos airs favoris,

— Ceci n'est pas une chose bien étrange car elle prouve simplement que j'aime beaucoup la musique et que je puis payer cent mille francs la jouissance de faire chanter pour moi tout seul une cantatrice dont la voix m'est sympathique.

— Mais donner une fête pour une seule personne c'est tout au moins original.

— Dites logique, marquise : dans la fête que l'on donne, dans celle où l'on va, il n'y a généralement qu'une personne qui vous intéresse, alors pourquoi inviter les autres ?

— C'est très vrai, mais l'on m'a parlé des merveilles que renferme votre jardin d'hiver, vous avez tout un orchestre à vos ordres.

— Oui, c'est exact et je rêve et je m'endors généralement bercé par les airs qui conviennent le mieux à la disposition dans laquelle je me trouve. Il la regarda de son regard qui contenait une si forte dose d'effluve magnétique qu'il troublait toujours celle qui la subissait. — On vous a fait peut-être des racontars bêtes sur moi, voulez-vous la vérité, cela vous intéresse-t-il ?

— Oui, beaucoup.

— Eh bien ! marquise, je suis un païen, l'amour est le seul Dieu que j'adore, mais ce Dieu-là je l'aime avec tout l'emportement de ma nature slave.

— Des ignorants prétendent que les hommes du nord sont froids, — quelle erreur, — vous le savez, la glace brûle comme le feu, elle produit une brûlure intense, nous avons, nous Russes, de cette chaleur-là dans le sang.

— Elle l'écoutait, en baissant les yeux pour qu'il ne vît pas les flammes qui s'y allumaient, elle effeuillait un camélia rouge pour se donner une contenance.

— Oui, l'amour est la seule divinité que j'adore... je lui ai fait construire un temple dans ce jardin dont on parle, et où personne n'est jamais entré.

— Pas même la Scrudanelli, fit-elle en fixant sur lui un regard un peu moqueur.

— En disant que personne n'y est jamais entré, je parle du vulgaire ; la femme élue, celle qui doit sacrifier avec moi au Dieu charmant, y entre nécessairement. — J'aime tant l'amour, voyez-vous, que je m'indigne lorsque je songe à la façon dont on prostitue son nom... à la façon bestiale et inepte dont on sacrifie à ce Dieu.

Sa figure s'animait, il était superbe de feu et de passion.

— Je ne comprends ce divin sacrifice qu'entouré

des raffinements du luxe, et de ceux de la poésie...
Figurez-vous par exemple deux êtres beaux, et — je
ne dirai pas s'aimant, — mais attirés par la chair
l'un vers l'autre. — Ils sont dans une grotte au jour
rosé, aux senteurs embaumées, des arbustes chargés
de fleurs les entourent, une eau tiède et toute parfumée forme une cascade, puis serpente en un
clair ruisseau, où j'ai semé de la poudre de diamant. — Des miroirs artistiquement ouvragés
reflètent leur image. — C'est Adam admirant Ève,
c'est Ève trouvant Adam beau, — le luxe moderne
est ajouté par moi au luxe naturel que devait offrir
le paradis terrestre à ces deux premiers amoureux.

Une musique tendre, lascive, se fait entendre, nos
musiciens sont dans des kiosques grillés, ils ne peuvent ni entendre ni voir ce qui se passe dans la grotte
aux doux mystères. Ne trouvez-vous pas que l'a-
mour est si douce chose qu'il vaut bien cette belle
mise en scène.

— Moi aussi je suis un brin païenne, donc je vous
comprends, mais ce que je comprends moins c'est
votre inconstance, on dit que vous changez souvent
de déesse.

— Ceci n'est point ma faute, jusqu'à présent, je
n'en ai pas trouvé d'assez parfaite. — Celles avec qui
j'ai sacrifié n'ont rien eu à me reprocher, je leur ai
promis une nuit féérique, elles m'ont toutes avoué

qu'elles l'avaient trouvé telle, — et qu'elles en garderaient un éternel souvenir.

— Alors, quant vous voyez une femme qui a le don de vous charmer, vous lui proposez... elle hésitait à dire quoi !

— Je lui avoue ma manière de comprendre l'amour ; et comment on doit selon moi sacrifier à ce Dieu... et... (il l'a regarda fort amoureusement) je ne dis cela, marquise, qu'à la femme qui m'a profondément touché par sa beauté.

La déclaration était brutale.

Régina, en devint toute rouge.

Il reprit doucement et en donnant à sa voix une note émue et tremblante. — Selon ma manière de voir, dire à la femme vous êtes belle, vous me troublez en tout mon être, — lorsque c'est la vérité c'est une chose toute naturelle, mais il est vrai que je suis un sauvage, moi.

— Et en simple curieuse ne pourrait-on pas aller visiter votre temple, prince ?

— Jamais aucune femme n'y a pénétré dans ces conditions-là, — mais jamais beauté si souveraine ne m'est apparue encore... si une nuit, vous voulez venir, la villa sera éclairée de pourpre, couleurs que vous portez ce soir.

— Une nuit... encore si c'était le jour, peut-être trouverais-je une heure de liberté.

— Mon temple ne s'ouvre qu'à la douce lumière de la nuit.

La princesse Gavini entra dans la serre avec deux dames qu'elle désirait présenter à la marquise de Salvedro. Le prince alla se perdre dans la foule.

Comme la soirée touchait à sa fin, Azoumoff sollicita une deuxième valse à Régina.

Une fois encore ils furent enlacés, et enivrés par une musique délirante.

Il la serrait sur son cœur, il sentait les battements de son cœur, il respirait le parfum de sa noire chevelure, et elle était comme affolée d'amour en devinant la violence de celui qu'elle lui inspirait.

Une minute ils s'arrêtèrent pour laisser passer des valseurs... bien bas il lui murmura à l'oreille : De grâce venez et je vous le jure le temple ne s'ouvrira plus que pour vous.

— Êtes-vous fou... et mon mari ?

Elle perdait bien la tête, car par ces mots elle avouait naïvement qu'il était la seule entrave.

— Il haussa légèrement les épaules... votre mari... eh bien! il doit dormir, et loin de vous je l'espère... Avec une femme de chambre pour complice, offrez-lui une fortune de ma part, et elle l'aura, — vous pouvez sortir de chez vous et rentrer sans que nul s'en doute, et lui moins que les autres.

Sans lui donner le temps de répondre, il l'enlaça et ils se rejetèrent dans le tourbillon de la valse.

En la reconduisant, près d'un fauteuil, et tout en s'inclinant devant elle, il lui dit :

— Le bleu est la couleur de l'espérance, ma villa sera vouée au bleu jusqu'au jour heureux où je pourrai l'illuminer couleur de pourpre.

Il la salua respectueusement, et il reprit le chemin de sa villa féerique.

Le marquis de Salvedro avait vu les derniers tours de valse de sa femme avec le prince Azoumoff. Il vint s'asseoir près de Régina. — Tu as tort de valser avec tant de frénésie.

— Pourquoi ?

— Mais tu oublies que tu es malade.

— Des poumons peut-être, mais pas du cœur ; du reste, tu le sais, j'adore la valse ; lorsque je serai morte, fais jouer une valse entraînante et tu me verras ressusciter.

— Ne parle pas de mort, — valse puisque tu aimes à valser, — tu avais un excellent cavalier, — fit-il insidieusement, les jaloux ont toujours la maladresse de parler de leur rival ou de celui qu'ils croient être tel.

— Excellent.., comme cela, fit-elle, il m'a écrasé par deux fois le pied.

— Le maladroit ! et que te disait-il tantôt, — à

présent en te quittant... j'ai vu que tu devenais toute rouge.

— Que veux-tu? c'est absurde, mais lorsqu'un homme ne dit... comme cela à brûle-pourpoint, — vous êtes la reine du bal et par votre beauté et par votre charmante toilette, — je ne sais que répondre à cette banalité et je rougis... peut-être de ma sottise, peut-être de celle de mon complimenteur.

— Comment, il est aussi banal que cela ce prince charmant !

— Il est surtout poseur, à ce que je crois, — et voilà comme, fit-elle en riant, les princes charmants perdent à être vus de trop près.

Elle dit ce mensonge si naturellement, que ce pauvre mari jaloux se dit, qu'il avait eu bien tort de s'inquiéter pour ce fantasque cosaque.

Ils s'en retournèrent dans leur villa, vers les trois heures du matin.

Régina se pelotonna dans un coin de la voiture; elle ferma les yeux et feignit de dormir.

Mais elle ne dormait pas, elle rêvait, et ses rêves étaient dangereux et malsains.

Elle se leva tard, elle pria son mari d'aller promener leur bébé; elle se sentait lasse, disait-elle.

Le soir, vers les neuf heures, la villa du prince charmant s'éclaira soudain d'un superbe bleu d'azur.

Des milliers de lanternes au verre bleu dessinaient la maison; sur le jardin vitré, ces lanternes entouraient un amour rose; son corps, ses ailes et sa flèche étaient simulés par des verres roses.

Des feux de bengale éclairaient le lac et lui donnaient des nuances bleues azurées d'un effet charmant.

— Allons bon ! s'écria Renolds de Salvedro, voilà ce grand débauché de prince Azoumoff qui fête ce soir des yeux bleus et des cheveux dorés.

Régina s'approcha de la fenêtre, le sang lui montait à la tête; un instant elle appuya son front sur la vitre froide.

— C'est une honte, reprenait Salvedro, qu'on voie cet homme, et je ne comprends pas que le prince Gavini le reçoive à sa table. — Lorsqu'on a des mœurs aussi scandaleuses, on a au moins la pudeur de se cacher.

— Faut-il donc avoir de si mauvaises mœurs que cela pour faire cette féerique illumination, remarqua Régina d'un air un peu agacé.

— Eh ! tout le monde sait ce que signifient ces illuminations; de peur qu'on n'en ignore, il le dit lui-même.

— Puisqu'il est célibataire il me semble qu'il a le droit de faire ce qui lui plaît. — Eh bien ! il fête une blonde ce soir, moi je trouve cela tout naturel ;

j'en suis même enchantée car cette illumination est ravissante. — Venez, allons nous promener une demi-heure sur le lac, je désire jouir de ce spectacle.

— A condition que nous n'irons pas trop près de sa villa...

— Que craignez-vous donc, — fit-elle en riant.

— De passer pour un badaud allant bâiller devant le spectacle de ses fêtes *immorales*.

— Bien ! nous resterons loin, — au milieu du lac, si vous le désirez.

Ils s'embarquèrent. — Régina s'enveloppa dans un grand manteau de satin bleu doublé d'hermine, et elle mit un capuchon de satin bleu sur la tête.

Elle avait un pressentiment qu'elle le rencontrerait et elle voulait qu'il vît, qu'elle aussi espérait.

Le batelier, nous le savons, était bavard ; voyant que ses promeneurs se taisaient, il dit soudain : Comment Vos Seigneuries trouvent-elles l'illumination du prince ce soir?

— Ravissante, répondit Régina.

— Qu'elle est la fille pour qui il illumine, — demanda Salvedro, d'un air de souverain mépris.

— Je ne sais, ce soir le secret a été bien gardé, je n'ai rien entendu dire.

Ils se trouvaient presque à moitié du lac. — Mais voilà qui est étrange, — j'aperçois la gondole du prince; après tout il fait faire peut-être une promenade à la favorite de cette nuit.

C'était le batelier qui faisait cette remarque. Bientôt en effet une gondole capitonnée de satin bleu, avec des rideaux de même couleur, passa tout près de la barque.

Régina aperçut le prince Azoumoff, il était seul, à moitié couché, il fumait une cigarette.

Il salua très respectueusement... et la gondole s'éloigna.

— Quel poseur insupportable ! marmotta entre ses dents le mari ; la femme ne répondit pas, son cœur battait bien fort, elle aurait trahi, en parlant, l'émotion qui s'était emparée d'elle.

Pendant quinze soirées, la villa du prince fut éclairée, avec des feux bleus de ciel.

Régina était arrivée au paroxysme de la passion, de cette passion des sens qui affole et fait tout oublier, même la prudence.

Elle se montrait nerveuse et fantasque, elle accueillait avec une froideur marqué et parfois avec une sorte de colère les caresses conjugales qui lui faisaient horreur.

Son mari lui semblait vulgaire et commun à côté de l'autre... elle prenait en pitié son amour... Il ne se doute pas, seulement, songeait-elle, de ce que c'est que l'amour. Elle rêvait au temple qui ne serait éclairé de couleur pourpre que si elle y allait, et au doux mystère qu'il abriterait.

Un jour, que son mari était sorti pour promener le petit Jean, elle monta toute seule dans la barque. — « Allez au large, loin, dit-elle au batelier. »

Celui-ci fit force de rames; bientôt Régina se trouva près de l'endroit où le lac de Côme prend le nom de lac de Lecco, — et soudain elle aperçut la gondole bleue.

— C'en est fait, dit-elle, le diable le veut.

Ramez près de la gondole, dit-elle.

Le prince Azoumoff ne tarda pas à la reconnaître, et voyant qu'elle était seule, il étouffa un cri de joie, et il donna lui aussi l'ordre à ses bateliers de marcher sur la barque.

Lorsqu'elles furent près l'une de l'autre, les bateliers des deux embarcations ne ramèrent plus.

Il lui dit en anglais : — Je vous jure, Régina, que si avant huit jours je n'ai pas le bonheur d'illuminer ma villa en couleur de pourpre, si vous ne venez pas à moi, vous verrez ma villa flamber, j'y mettrai le feu, et je me ferais sauter la cervelle; je ne puis plus vivre sans vous.

— Comment faire? — j'ai peur de lui, il me tuerait... comment sortir la nuit? répondit-elle en anglais aussi.

— Eh bien, tenez... et si vous m'aimez, tout sera prêt pour la fuite, je vous enlève, nous irons en Russie... et là, je vous le jure, vous serez ma femme, vous serez ma déesse unique, ma reine, je serai votre esclave, si la Russie ne vous plaît pas, nous irons aux Indes, je vous ferai bâtir un palais comme jamais reine n'en a eu.

— Fuir... fuir... répétait-elle.

— Oui, fuir avec moi qui vous adore.

— Mais le monde... mais... elle se défendait mal, cette idée de fuir avec lui, lui souriait. Ici les millions, la haute situation couvriraient d'une sorte de prestige le scandale causé.

— Le monde ! je vous placerai si haut que les femmes vous envieront au lieu de vous blâmer. Ecoutez-moi bien, je me meurs d'amour pour vous je suis décidé, bien décidé à mettre le feu à ma villa et à me tuer si vous ne m'aimez pas.

Il parlait avec une profonde animation, ses yeux avaient des étincelles fauves, il était superbe.

— Je vous aime, je vous aime depuis la première minute que je vous ai aperçu ; demain je tâcherai de quitter furtivement ma villa, vers les onze heures. Si, par hasard, il ne dort pas, si je ne puis fuir, attendez-moi après-demain, dit-elle vivement et sous l'empire de sa passion folle.

— Oh ! Régina, mon aimée ! tu me sauves de la

21

mort, je suis dès ce jour ton esclave, tu seras heureuse, tes désirs seront des ordres, et je ferai en sorte que tu n'aies pas même le temps de former un souhait, tu pourras rêver l'impossible, je le jure, l'impossible sera réalisé.

— Je brave la mort, moi, pour aller vers vous, car mon mari est jaloux comme un sauvage, au moindre soupçon il me tuerait.

— Sois sans crainte, j'ai une gondole que nul ne connaît : elle a des rideaux gris, la nuit elle glisse comme un fantôme sur le lac, elle sera toutes les nuits de onze heures à minuit devant ta villa un peu de côté, à droite ; descends sur la terrasse, allume comme signal deux allumettes, mes bateliers, des Russes qui me sont dévoués corps et âme, s'avanceront de ton embarcadère. Saute vivement dans la gondole. On ne s'apercevra de ta fuite que vers le matin, et nous serons déjà loin.

— Envoyez demain, fit-elle, mais qu'ils attendent jusqu'à une heure du matin... si je ne puis pas, ce sera pour après-demain.

— Si dans huit jours tu n'es pas venue, mets-toi à ta fenêtre à neuf heures. Ma villa, en proie aux flammes, éclairera le lac... et tu sauras que je meurs d'amour pour toi.

Il la salua respectueusement, fit un signe, ses bateliers ramèrent, la gondole s'éloigna.

Le batelier de Régina, sans attendre son ordre, ramait vers la villa du Dante. Il avait un sourire railleur sur les lèvres, le bonhomme, il parlait anglais, il avait servi longtemps sur un navire anglais; il avait tout entendu, tout compris, et il se disait : Oh! le poverino marito ! Mais l'idée ne lui venait nullement de le prévenir ; pour lui, l'amour était chose sacrée, déranger les plans de deux amoureux lui aurait semblé un crime.

Régina avait le fièvre, elle était décidée, bien décidée... la peur seule de ne pas réussir à s'enfuir lui donnait le frisson.

Elle ne songeait ni à la douleur qu'elle allait causer à cet homme qui avait fait d'elle, la fille d'une mulâtresse, une grande dame, ni à son petit Jean qu'elle aimait bien cependant ; la passion lui donnait le délire, lui donnait une sorte d'ivresse qui lui faisait oublier tout ce qui n'était pas lui, ce qui n'était pas ce grand seigneur si séduisant.

La passion est, hélas, une maladie épouvantable, faisant commettre bien des crimes.

Lorsqu'une lueur de remords se réveillait en sa conscience, pour s'excuser elle se disait : « Puis-je le laisser mourir ? Puis-je laisser se tuer celui que j'aime ? »

Lorsqu'elle rentra, ce pauvre marquis de Salvedro, tout comme s'il avait voulu prendre à tâche de l'affermir dans sa résolution, se montra d'humeur fort maussade, il lui reprocha d'être sortie sans lui.

— Mais, répondit-elle, avec un peu d'aigreur, suis je donc devenue prisonnière depuis que nous habitons le lac de Côme !

— Prisonnière ! quel vilain mot !

— Puisque je n'ai pas le droit de sortir seule!

— Qui parle de droit ; mais tu n'avais qu'à me dire que tu désirais aller te promener en bateau, j'aurais été heureux de t'accompagner.

— Je n'en avais pas le désir lorsque vous êtes sorti; la fantaisie m'en a pris après votre départ, mais je saurai à présent que je ne dois pas suivre mon caprice.

— Sur quel ton le prends-tu, ma chère Régina? Sais-tu que tu n'es guère gentille pour moi depuis quelque temps.

D'un mot à l'autre la petite discussion devint une querelle, la première un peu sérieuse entre les deux époux.

Salvedro aimait passionnément sa femme ; mais il avait une nature violente et un peu sauvage; il avait épousé Régina malgré le sang noir qui coulait dans ses veines, lui qui avait pourtant les préjugés des hommes de son pays contre les personnes à sang mêlé. Il avait fait cela sous l'empire de la passion qu'elle lui avait inspiré ; n'ayant pu en faire sa maîtresse, il en avait fait sa femme, mais il voulait être payé de ce sacrifice, il entendait que Régina eût de l'amour pour lui, et c'était avec une profonde conviction qu'il lui avait dit en trouvant de Tressac à ses pieds qu'il lui aurait tiré un coup de revolver dans le cœur, si elle avait laissé le jeune homme lui parler d'amour. Pour lui, tuer la femme infidèle était un droit, même un devoir.

Ce jour-là, irrité par la froideur qu'elle lui témoignait depuis quelques semaines, il s'oublia jusqu'à lui dire des paroles dures et à faire allusion à la situation qu'elle aurait eue avec sa mère, s'il ne l'avait point aimée au point de lui donner son nom.

Régina fut mortellement blessée en son orgueil ; lui rappeler qu'elle n'était que la fille d'une mulâtresse, c'était lui faire une injure cruelle.

Elle ne répondit pas un mot, ne tenait-elle pas sa vengeance ? Et cette vengeance, elle le savait, ferait verser des larmes de sang à cet homme qui venait de la froisser en son orgueil.

Si elle avait hésité à fuir, cette scène conjugale l'aurait décidée à abandonner le foyer conjugal.

Elle monta dans sa chambre.

Comme elle refusait de descendre à l'heure du dîner, Salvedro, qui avait regret de lui avoir fait de la peine, monta avec l'intention de lui demander pardon, mais elle le reçut par ces mots dits avec aigreur :

— Il paraît qu'il ne m'est pas même permis de rester seule dans ma chambre et d'être souffrante à mon aise.

Il fut blessé à son tour, il la salua et sortit. Il dîna seul avec le petit Jean. Il se promettait de moins gâter Régina à l'avenir, car, se disait-il, les femmes sont comme les enfants : elles abusent de ceux qui les gâtent trop et elles se font un malin plaisir de les faire souffrir.

Régina se fit servir à dîner dans sa chambre, elle fit mettre la table près de la fenêtre, et comme cette fenêtre donnait sur le lac, elle apercevait au loin la villa de celui qui, pensait-elle, serait à présent un prince charmant puisqu'il l'arracherait à ce mari brutal et jaloux.

Vers les neuf heures, la villa Azoumoff s'éclaira d'une façon magique. Le prince voulait lui dire ainsi combien son cœur était en fête.

Quelle différence entre l'un et l'autre, se disait-elle, et elle se prenait à haïr son époux de toutes les forces de la passion qu'elle ressentait pour le beau Russe.

Il lui tardait d'être au lendemain,

L'amour l'appelait, et elle avait hâte de se venger de ce qu'elle nommait une injure sanglante.

Extrême en tout, elle se figurait de bonne foi que son époux avait été odieux en osant lui rappeler ce qu'il avait fait pour elle. —Dès qu'il me reproche ce qu'il a l'air de nommer un bienfait, je n'ai plus à lui en savoir aucun gré et, du reste, est-ce par dévouement pour moi qu'il m'a épousée? Non, c'est pour satisfaire la passion que je lui avais inspirée, pourquoi lui aurais-je de la gratitude?

Pourquoi le prince Azoumoff, veut-il m'enlever? parce que je lui ai inspiré une passion folle; lui ne me demandera pas de la reconnaissance, il me prouvera sa reconnaissance au contraire, en m'adorant et en restant mon esclave soumis.

Il y avait du vrai dans ce raisonnement, et Régina, qui comme je l'ai dit était privée de sens moral, ne comprenait pas qu'en dehors des lois de l'amour il y a les lois de l'honneur, et que le marquis de Salvedro lui ayant confié le sien, elle devait le conserver intact.

Toute la nuit, elle rêva qu'elle était dans un palais digne de figurer au nombre des sept merveilles du monde, que le Prince charmant agenouillé à ses pieds lui disait les choses les plus amoureuses que peut inspirer la passion.

Elle descendit déjeuner, mais elle se montra fort maussade pour son époux, qui se figura que sa mauvaise humeur d'enfant gâté serait plus vite passée s'il faisait semblant de ne point s'en préoccuper.

Seulement il lui demanda si elle ne désirait pas aller se promener en voiture ou en bateau, se mettant à ses ordres.

Elle refusa sèchement se disant souffrante ; pour se distraire de son dépit, le marquis de Salvedro monta à cheval, et il fit une longue promenade sur une route fort pittoresque, qui monte vers les Alpes.

Régina, fièvreusement, se promenait sur la terrasse, se disant que la nuit tardait bien à venir.

Elle examinait la fermeture des portes donnant sur la terrasse, afin de savoir dans la nuit en ouvrir une sans faire du bruit.

Le dîner fut aussi peu gai que le déjeuner ; son mari, le repas terminé, alla la rejoindre sur la terrasse. Accoudée elle attendait de voir la villa s'illuminer de pourpre.

— Voyons, Régina, soit gentille, lui dit doucement son mari, tu sais que je t'aime bien, si j'ai été un un peu vif, hier.

— Brutal, monsieur.

— Brutal si tu veux, c'est que je souffre depuis longtemps. Tu oublies trop que je t'aime, que je suis ton époux.

— C'est-à-dire que vous avez des droits, fit-elle ironiquement.

— Comme tu es méchante, laisse-moi aller passer une heure avec toi ce soir. Je te demanderai pardon ; nous ferons la paix, veux-tu, dis.

— Elle frémit ; ce soir... il fallait ruser ; elle répondit en souriant et presque affectueusement, — nous ferons la paix, mais demain ; je me sens ce soir une telle envie de dormir qu'il me semble que je serais capable de dormir douze heures consécutives ; voilà trois nuits que je ne dors pas, c'est ce qui me rend nerveuse, si tu veux que je sois bien demain et que nous puissions causer, laisse-moi aller dormir, et dis à nos gens d'en faire autant ; de cette façon ils ne feront pas de bruit ; j'ai la tête toute douloureuse, le moindre bruit est une souffrance pour moi.

Il fut ravi de la voir redevenir aimable, et il lui promit que dès dix heures, le calme règnerait dans la maison.

Des lueurs rouges pourpres illuminèrent l'horizon ; la villa du prince Azoumoff s'éclairait d'une façon fantastique, des feux de bengale rouges illuminaient le lac, on aurait dit qu'un vaste incendie se développait sur ses eaux.

Le ciel s'empourprait ; bientôt au-dessus du jardin vitré des verres rouges dessinèrent une femme ayant une couronne de roses sur la tête ; à ses pieds un homme se tenait agenouillé la tête baissée, les mains jointes levées vers elle.

— Mais cet animal de cosaque a donc tous les artificiers d'Italie à ses ordres, fit Salvedro avec mauvaise humeur.

Il jongle avec les millions, fit-elle.

— Il finira dans un cabanon de fou, c'est d'un in-
sensé toutes ces stupides illuminations.

— Moi je les trouve belles, fit elle en souriant méchamment, puis elle lui tendit la main. — Bonsoir,
fit-elle, je tombe de sommeil.

— Dors bien, Régina, et à demain, n'est-ce pas?

— Oui, à demain.

Elle monta dans sa chambre. Cette chambre faisait
l'angle d'un des côtés de la façade, elle était séparée
de celle de son mari par un cabinet de toilette et par
un petit boudoir.

Elle tira le verrous de la porte allant du boudoir
dans la chambre de son mari, puis elle alla au bout
du couloir dans la chambre où le petit Jean cou-
chait à côté du lit de la gouvernante anglaise.

L'enfant dormait; elle le contempla quelques minutes, son cœur se serrait, elle ne le verrait plus;
elle eut l'ombre d'un remords qu'elle chassa bien
vite en se disant qu'il était trop jeune pour comprendre et qu'il ne souffrirait pas de son départ;
elle le baisa dans sa blonde chevelure, puis elle
rentra bien vite dans sa chambre, ne voulant pas se
laisser attendrir.

Elle renvoya sa femme de chambre, et une fois seule, elle colla son front à la vitre et elle regarda la villa empourprée, la villa où elle était attendue ; son cœur battait, le sang affluait à son visage. Elle trouvait que l'heure ne marchait pas assez vite.

Elle fit sa toilette, elle mit une robe de chambre de velours couleur de pourpre, elle prit un manteau de même étoffe et de même couleur... elle jeta une dentelle sur sa tête; mais elle cacha son chapeau sous son manteau. — Il fallait, si par hasard son mari ou un domestique la rencontrait descendant, qu'elle pût dire qu'elle venait sur la terrasse, la nuit étant assez douce pour expliquer ou excuser ce caprice. Une toilette de ville aurait donné l'éveil.

Dès dix heures, elle entendit son mari monter dans sa chambre; sans lumière, et en étouffant ses pas, elle alla coller son oreille à la porte allant de son boudoir dans la chambre de Salvedro :

Au bout d'une demi-heure, elle put se convaincre que non seulement il était couché mais qu'il dormait, car il ronflait.

Tranquille de ce côté elle ouvrit doucement sa fenêtre; elle n'aperçut plus aucune lumière aux fenêtres. — Alors, à pas de loup, elle alla dans le couloir... tout était calme.

Elle attendit jusqu'à onze heures et demie. — Le

silence régnait dans la maison. — Alors sans lumière, mais munie d'une boîte d'allumettes bougies, — elle referma doucement la porte de sa chambre et elle descendit l'escalier à tâtons et en retenant
son souffle... elle alla jusqu'à la cuisine en sous-sol,
elle tira le verrou, repoussa la porte, et elle se
trouva près de l'embarcadère ; — elle avait réfléchi
que de la terrasse on pourrait l'apercevoir d'une des
fenêtres de la villa.

Une fois sur l'embarcadère elle aperçut, comme
une ombre grisâtre tâchant l'eau du lac ; elle fit
le signal convenu.

L'ombre se rapprocha ; bientôt la gondole fantôme fut devant elle.

Elle y entra, deux bras robustes l'étreignirent, une voix, celle du prince, lui murmura à l'o-
reille :

« Mon aimée, mon épouse adorée, sois la bienvenue.

Ramez vivement, fit-il tout bas à ses bateliers.

Les huit hommes firent force de rames ; la gondole semblait avoir des ailes, on l'aurait prise de
loin pour un colossal goéland rasant l'onde de ses
ailes rapides.

Elle tremblait un peu ; il la serrait sur son cœur,
lui disant des mots d'une tendresse folle.

— Anxieuse, elle se retournait souvent, pour voir

si une fenêtre ne s'éclairait pas dans la maison qu'elle abandonnait, — nulle lueur ne s'y montrait, tout le monde y dormait en paix; ce malheureux mari n'avait aucun sinistre pressentiment qui vînt le prévenir que le déshonneur et le malheur s'abattaient sur lui.

Bientôt ils accostèrent, la rive était déserte; ni curieux ni indiscret ne s'était attardé devant la villa qui toujours était brillamment illuminée de rouge pourpre. Devant eux et sans qu'ils eussent besoin de sonner la lourde porte massive de la villa s'ouvrit.

Vingt domestiques, tenant chacun un candélabre dans lequel brûlaient quinze bougies rouges, formaient la haie, ils s'inclinèrent comme on courbe la tête devant le souverain. — Tous étaient Russes et ils étaient nés sur les terres du prince qu'ils adoraient, car il était bon et généreux pour eux.

Le prince Azoumoff offrit la main à Régina, il la conduisit dans le fameux jardin d'hiver.

Dès leur entrée un orchestre se mit à jouer une marche joyeuse et triomphante.

Elle cherchait en vain les musiciens des yeux, — on entendait la musique sans voir les exécutants.

Ce jardin était un enchantement ! une féerie !

Un mur de trois mètres de haut l'entourait, — un vitrage s'ouvrant à volonté au moyen d'un ingénieux arrangement lui faisait un dôme.

22

Des calorifères y entretenaient une température de vingt-cinq degrés.

Tous les arbustes des régions tropicales, toute la flore du monde, étaient réunis là.

Il y avait des allées formées par des orangers et des citronniers en fleurs.

Des petits bois de palmiers, des grottes faites en coquillages et ornées de fleurs rares, — des petites cascades, dont l'eau chauffée et parfumée répandait une douce senteur.

Des draperies de satin formaient des petits boudoirs, — la salle à manger était une merveille, — des orangers, des cactus d'Algérie, des arbustes de toutes espèces en formaient les murs, et dedans ce n'étaient que fleurs, oiseaux chanteurs en des cages dorées, et bibelots de prix.

Ce vaste jardin était éblouissant de lumière rouge et cette clarté pourpre lui donnait un aspect tout à fait fantastique.

Régina se croyait transportée dans le pays des rêves; elle avait des étonnements d'enfant, elle poussait des cris de surprise joyeuse à chaque nouvelle merveille qu'elle découvrait.

Il la conduisit, dans un petit sentier recouvert d'un tapis d'orient semé de fleurs aux couleurs vives, et bordé par des fleurs superbes; en face on apercevait un petit temple en marbre rose; — il ouvrit la porte ; un flot de lumière rose vint aveugler Régina qui s'arrêta émue et tremblante.

Il la prit amoureusement par la taille. Entrez ma déesse, entrez mon idole, jamais le dieu Amour qui règne ici n'aura vu encore beauté pareille à la vôtre.

— Mais, fit-elle troublée, mon mari, s'il s'apercevait de mon absence viendra me chercher ici peut-être, et alors ce temple deviendra notre tombeau.

— Ne craignez rien, un de mes hommes fait le guet en face de votre villa ; s'il voyait les fenêtres s'éclairer il viendrait me prévenir. — Une chaise de poste sera à six heures du matin devant ma porte, les relais sont préparés, — et enfin j'ai plus de cinquante serviteurs armés ici, et je défie votre époux de vous reprendre à moi, et de toucher à un de vos cheveux. — Chassez toute frayeur de votre esprit, ayez foi en moi, toutes les précautions sont prises nous avons quelques heures à nous.

Doucement il la fit entrer dans le sanctuaire, l'orchestre jouait en pianissimo des airs d'une langoureuse volupté.

Il referma la porte, elle se trouva seule avec lui dans ce temple dont, si souvent, elle avait rêvé dans ses songes enfiévrés.

Ce petit temple était une merveille d'arrangement et de raffinements : sur les parois en marbre rose, se détachaient des fleurs aux coloris éclatant,

tout le sol était jonché de fleurs coupées, de roses
effeuillées, et de violettes de Parme.

Des glaces en formaient le plafond, dans chaque
angle des miroirs de Venise étincelaient sous la
lumière d'un grand lustre formé par des centaines
de boules roses.

Dans le fond, une rocaille d'où tombait une eau
tiède et parfumée à la violette, cette eau coulait
dans un petit ruisseau tout endiamanté de poudre
de diamant, puis elle allait remplir deux baignoires
en marbre rose; — à gauche et entouré d'orangers
en fleurs se trouvait un vaste lit de repos tout en
fouilli de dentelles de batiste et de satin rose.

Un groupe en marbre rose, représentant un
homme et une femme enlacés, était placé à la gauche du lit de repos; une Vénus entourée d'amours
était placée à droite. Par l'arrangement ingénieux
des glaces, ces sculptures se repercutaient, on aurait
cru qu'il y en avait des centaines.

Régina, répercutée, elle aussi d'un miroir à l'autre, voyait son image reflétée à l'infini; la chaleur
tiède, qui régnait dans ce sanctuaire, le parfum
énivrant qu'on y respirait lui donnèrent une ivresse
délirante. Le prince Azoumoff lui tendait les bras,
elle s'y laissa tomber avec un cri de volupté aiguë.

Ils restèrent dans le temple jusqu'à cinq heures
du matin.

Régina, énivrée d'amour, jura une éternelle fidélité à son beau prince charmant, et lui, jura de n'avoir plus d'autres prêtresse qu'elle, et de l'aimer jusqu'à son dernier souffle de vie.

A six heures du matin ils montèrent en chaise de poste, et ils s'enfuirent loin, bien loin, du mari jaloux.

XI

LE MARI

Le chef du marquis de Salvedro fut très étonné le matin, de trouver la porte de la cuisine ouverte.

J'aurais juré avoir mis le verrou, se disait-il.

Il s'assura avec une certaine anxiété si des voleurs n'étaient point entrés dans la villa ; — ayant constaté que tout était à sa place, qu'on n'avait pas touché à l'argenterie ; il crut à une distraction, il ne dit rien, mais il se promit d'être plus soigneux à l'avenir, et de ne point oublier de tirer le gros verrou.

Salvedro se réveilla de bonne heure ; il était content, sa Régina ne lui avait-elle pas promis tout gentiment de lui accorder son pardon ce soir même.

A dix heures, nul ne se doutait encore, dans la villa, de la fuite de Régina, qui dans ce moment se trouvait déjà fort loin du lac de Côme.

Seul le batelier Piédro était fixé. Très curieux de sa nature, il avait guetté pendant la nuit; et il avait vu la jeune femme monter dans la gondole du prince Azoumoff.

A présent, feignant de dormir dans sa barque, il attendait qu'on s'aperçût que le bel oiseau avait quitté la cage.

Les malheurs conjugaux des autres font toujours sourire et Pédro riait dans sa barbe en songeant à la grimace qu'allait faire le *povérino marito*.

Généralement, Louise, la première femme de chambre de la marquise de Salvedro, attendait d'être sonnée pour entrer chez sa maîtresse. — Mais voyant qu'il allait être onze heures et le déjeuner étant servi à onze heures et demi, elle se risqua à entrer dans la chambre.

Elle ouvrit la porte doucement, et elle tira les rideaux.

Un cri de surprise lui échap. a en apercevant le lit non défait.

Elle courut dans la chambre du marquis, — dans celle-là aussi, la marquise n'avait pas couché. Alors, affolée, elle descendit ; le marquis fumait fort tranquillement sa cigarette sur la terrasse. — Piédro le contemplait à travers ses cils en faisant semblant de dormir.

— Où est donc madame la marquise, monsieur le marquis ? — lui demanda brusquement Louise.

— Mais dans sa chambre sans doute, je ne l'ai pas encore vue.

— Madame n'a pas passé la nuit dans sa chambre; son lit n'est pas défait.

— Il eut un soubresaut... il pâlit... vous dites?

— Le lit de madame n'est pas défait, elle ne s'est pas couchée cette nuit.

— Pas couchée... mais où est-elle ?

— Nulle part dans la maison.

Il s'appuya sur la balustrade pour ne pas tomber. Louise lui avança un fauteuil.

— Pas dans la maison... ne s'est pas couchée! il murmurait cela d'un air idiot... en passant la main sur son front où perlait une sueur glacée.

Enfin! il fit un effort... il se remit debout. — un verre de cognac — vite, fit-il.

On lui apporta un carafon, il s'en versa un grand verre et il le but d'un trait, puis regardant Louise :
— Parlez, — où est la marquise?

— Mais je ne sais, monsieur le marquis, je viens d'entrer dans sa chambre j'ai vu le lit non défait...

Il appela tous les domestiques. — Nul n'avait aperçu la marquise, mais le chef dit qu'il avait trouvé la porte de sa cuisine ouverte.

A présent il se rappelait très bien avoir mis le verrou la veille.

— Bien... bien... fit le pauvre mari ; mais essayant de dissimuler le tremblement de sa voix, allez, fit-il, et vous, Louise, voyez avec quel costume madame est sortie.

Une fois seul, il but un verre d'eau, il se mouilla le front, et s'asseyant il mit la tête dans ses mains pour essayer de rassembler ses idées qu'il sentait devenir confuses. — Pourquoi serait-elle partie ? pour aller où ?

Soudain il se rappela de la scène qu'ils avaient eue ensemble, c'était la première, Régina paraissait en avoir été affectée, — peut-être elle avait voulu mourir ! En effet la porte de la cuisine donnait sur le lac... il eut un sanglot étouffé, une sorte de râle... Piétro... Piétro... Piétro... cria-t-il.

Le batelier monta courant à l'escalier conduisant à l'embarcadère.

Le pauvre mari lui fit pitié avec ses traits convulsés... il faut sonder le lac... prends des hommes beaucoup... je leur donnerai tout ce qu'ils voudront ; il faut retrouver son corps... et il pleurait, de grosses larmes coulaient sur ses joues blémies.

— Pauvre homme... Il souffre trop, je vais tout lui dire, la colère le fera peut-être moins souffrir, se dit Piédro.

Et tortillant son chapeau il balbutia, car il pensait que le marquis serait furieux de ce qu'il ne l'avait point prévenu : — Votre Seigneurie peut se rassurer, la marquise ne s'est pas noyée.

Il conta la conversation qu'il avait entendue la veille, il avoua l'avoir vue s'embarquer dans la nuit dans la gondole du prince Azoumoff.

— Monsieur le marquis, madame a dû sortir avec sa robe de chambre de satin rouge, son manteau de même couleur et sa toque rouge.

Il écoutait, ses larmes ne coulaient plus, son regard devenait féroce ; la robe rouge ! il se souvint de l'illumination rouge de la villa maudite. Un juron formidable jaillit de sa bouche. Sans dire un mot, il alla s'enfermer dans sa chambre.

Longtemps il resta comme anéanti, assis devant son bureau. Il la revoyait comme il l'avait vue, regardant curieusement ce grand débauché ; il la revoyait enlacée avec lui dans le tourbillon de la valse chez la princesse Gavini. Il comprenait tout : une curiosité malsaine, une passion bestiale s'était emparée d'elle.

— Mais, songeait-il, si elle a pris avec cette impudeur cet homme après l'avoir vu trois fois, cette femme n'est alors qu'une Messaline. A Paris, quelle a été sa conduite? Mon fils, mon petit Jean, est-il mon fils?

Un écroulement se faisait en lui, il se prenait en dégoût d'avoir pu l'aimer. Il ne ressentait plus pour elle qu'un mépris profond. Mais en même temps il prenait la vie en horreur. Eh quoi! se sentir un amour fou dans le cœur, élever à soi celle qui vous l'a inspiré, la combler de tous les luxes, l'adorer à genoux, lui témoigner une tendresse infinie et être déshonoré, être abandonné par cette femme! oh! la drôlesse, la drôlesse, répétait-il entre ses dents. Il prit une feuille de papier à ses armes et il écrivit ceci :

« Prince Azoumoff, vous êtes le dernier des lâches, le plus infâme des vulgaires débauchés, je vous crache au visage.

» Gardez Régina Salaré, la fille de la mulâtresse Ita Salaré, vous avez en elle un compagne digne de vous, et je n'ai pas la moindre envie de vous la disputer.

» Signé :

» RÉNOLDS, MARQUIS DE SALVÉDRO. »

Il cacheta cette lettre avec un cachet à ses armes, puis il monta dans la barque de Piedro, après avoir eu la précaution de mettre un revolver dans sa poche.

Arrivé en face de la villa, il aborda et fit retentir le gros marteau de la porte.

Un domestique russe vint lui ouvrir.

— Où est ton maître? lui demanda Salvedro.

Sans embarras aucun, le serviteur répondit que le prince était parti dans la nuit pour un lointain voyage.

— Et sans doute tu ignores la direction qu'il a prise?

— Complètement.

— Eh bien! voici une lettre. Tu reverras un jour ton maître, en tout cas, bientôt sans doute tu connaîtras son adresse, remets-lui ou fais-lui parvenir cette lettre, qui est pour lui de la dernière importance.

Le domestique s'inclina. Salvédro remonta dans la barque et se fit reconduire chez lui.

Il s'enferma encore dans sa chambre et il écrivit une lettre ainsi conçue à Marcelle.

« Ma chère Marcelle, je t'envoie Jean avec Lucy sa gouvernante, je connais ton bon cœur et je ne te dis que ceci : Sers de mère à cet enfant, élève-le de façon qu'il soit un honnête homme et qu'il porte un jour dignement le nom de Salvédro. Par ton affection, rends-lui moins triste sa position d'orphelin, prie pour moi et garde en ton cœur un souvenir pieux pour celui qui fut le frère de ta mère.

» Ton oncle affectionné

» RÉNOLDS DE SALVÉDRO. »

Cette lettre écrite, il fit son testament. Il laissait

sa fortune à son fils et il nommait le vicomte Henri de Tressac tuteur de l'enfant.

Il fit deux copies de ce testament.

Cela fait, il fit appeler miss Lucy, il lui donna l'ordre de se préparer immédiatement au départ; elle devait le jour même se mettre en route pour la France avec le petit Jean, et escortés de Pierre. Ce dernier était un serviteur dévoué qui était au service du marquis depuis dix ans.

Il expliqua à la gouvernante qu'elle aurait à se rendre en Bretagne, au château habité par M. et madame de Tressac.

Il lui donna quatre mille francs de gratification. Cette femme comprit qu'un drame se préparait, mais elle n'osa pas faire de. réflexion, elle promit simplement d'obéir.

— Faites diligence, il faut que vous partiez dans une heure lui dit-il.

Ceci fait, il appela, son deuxième valet de chambre, un vieux serviteur depuis longtemps chez lui, il lui donna une des copies du testament; elle était sous enveloppe, avec une seconde lettre à l'adresse de l'ambassadeur du Brésil à Paris; dans cette lettre il priait l'ambassadeur de faire tenir son testament à M. de Tressac et d'aider ce dernier dans sa fidèle exécution.

— Tiens, mon ami, dit-il à son serviteur, porte

cette lettre à son adresse, fais en sorte de ne pas la perdre, c'est un dépôt précieux que je te confie, prends ces six mille francs pour tes frais de voyage; le reste sera pour toi.

— Monsieur le marquis me renvoie, fit cet homme tout tremblant et les larmes aux yeux.

— Non, mon ami, mais je vais voyager très loin, je pars sans domestiques aucuns.

Il restait là voulant parler et ne l'osant pas; Piedro avait tout confié à son ami le chef, celui-ci avait conté aux autres domestiques l'enlèvement de la marquise par le prince Azoumoff... et ce vieux serviteur comprenait que son maître allait prendre une résolution extrême.

— Prouve-moi ton zèle en partant de suite, et en t'acquittant fidèlement de la commission... Va, va, mon ami, faire tes préparatifs de départ et prends le prochain bateau.

Il s'inclina, baisa la main de son maître en lui disant : — Que Dieu garde et protège M. le Marquis, sa mission sera fidèlement accomplie. Il s'éloigna en hâte pour cacher ses larmes.

Miss Lucy revint bientôt après, elle était prête, elle tenait l'enfant par la main. Pierre les suivait. L'enfant, ce pauvre innocent, se jeta dans les bras de son père. Celui-ci fit un mouvement pour le repousser, puis se ravisant... il embrassa l'enfant.

Pierre, vous avez toujours été un serviteur dévoué, je vous donne la mission de haute confiance de conduire Jean et miss Lucy chez ma nièce, veillez sur l'enfant, voici un mot : si vous le voulez vous resterez au service de Jean, ma nièce vous gardera, si vous ne désirez pas rester chez le vicomte de Tressac, voici un certificat et cinq mille francs pour vous permettre d'attendre une autre place.

— Monsieur le marquis ne me garde donc pas à son service... dit aussi d'un air navré ce serviteur.

Salvedro, lui parla d'un long voyage, et il le congédia avec quelques bonnes paroles.

L'adultère de la femme est un crime épouvantable, car l'époux affolé en vient à se demander si ses enfants sont bien de lui, si bien qu'il ne lui reste pas même l'amour paternel comme consolation.

Rénolds de Savedro, qui avait tant aimé son petit Jean, sous ce doute cruel, ne lui donna qu'un froid baiser et il le vit partir sans que ses paupières se mouillassent d'une larme.

Il indiqua, à Lucy et à Pierre, un itinéraire différent de celui qu'il avait donné au domestique porteur d'une des copies de son testament.

Après leur départ, il écrivit une longue lettre au vicomte de Tressac, il lui dit tout, qualifiant Régina de drôlesse, de femme plus éhontée qu'une courtisane. Ce n'est point pour elle que je vais me tuer, lui dit-il, elle ne mérite pas un regret, je me tue par dégoût de la vie ; je le sens, je ne pourrais plus avoir de l'amour pour une femme, ni foi en aucune femme. Vivre pour ne pas aimer, à quoi bon ? venez dès la réception de cette lettre, vous ferez transporter mon corps à Paris.

Il lui donnait ensuite des renseignements sur sa fortune, et il lui expliquait ce qu'il devait faire pour la gérer.

Il lui demandait d'aimer Jean comme s'il était son fils.

Puis il lui annonçait que par précaution il avait fait un double de son testament, double qu'il envoyait par son domestique Jules Mouti à l'ambassadeur du Brésil, à Paris.

Il mit cette lettre ainsi que le testament sous une grande enveloppe, qu'il cacheta de cinq cachets. Puis il fit atteler et il alla lui-même la porter à la poste de la ville de Côme et il la fit charger.

Il s'était lié depuis son séjour sur les rives du lac de Côme avec le docteur Giovanelli, un savant praticien, et un homme du monde. — Il entra chez lui. — Le docteur était absent, il lui laissa un mot ainsi conçu : je compte sur votre bonne amitié, venez ce soir sans faute, à neuf heures, à ma villa. — Amenez un prêtre et une religieuse pour veiller un mort.

Il repartit pour sa villa ; il annonça à tous les autres domestiques qu'il partait le soir même, et il les congédia en leur donnant à chacun une forte gratification.

Il pria le cocher de rester à son service huit jours encore, et il lui donna l'ordre d'être dans l'anti-chambre de huit à dix heures pour introduire le docteur Giovanelli qui devait venir le chercher à cette heure-là.

Ceci fit croire à ses domestiques que réellement il allait en voyage. Ils firent leurs caisses et s'en allèrent fort consolés de la perte d'une bonne place par la gratification reçue.

Ils se disaient que sans doute ce pauvre mari trompé allait courir après son infidèle ; ils s'en don-naient à cœur joie sur cette fière marquise qui n'é-tait en définitive qu'une pas grand-chose, et qui était si orgueilleuse et si poseuse.

Lorsque Rénolds de Salvedro fut seul, avec une grande lucidité d'esprit, il enferma dans un coffre les bijoux de la marquise, il mit de l'ordre dans ses papiers, brûla tout ce qui était inutile, il écrivit sur une grande feuille de papier quelques lignes au docteur Giovanelli, le priant de faire veiller son corps, lui demandant de l'embaumer et de le con-server en bière jusqu'à l'arrivée du vicomte de Tressac ; il le mit en évidence ainsi que l'argent nécessaire pour ces funèbres détails ; — à côté de chaque liasse de billets se trouvait la note, — ceci pour le docteur, — cela pour la bière, ceci pour les religieuses, — ceci pour les pauvres, — cette autre pour le prêtre qui voudrait bien lui réciter le *De Profundis*.

Il cacheta la cassette contenant les bijoux. — Tous ces détails accomplis, il se jeta à genoux devant un crucifix, il pria longuement. Sa prière terminée il prit un petit crucifix d'ivoire dans la main gauche, un revolver dans la main droite, — il s'assit dans un fauteuil devant son bureau, et sans trembler il appuya le canon de l'arme sur la tempe droite.

La balle coupa le cerveau en deux, elle ressortit par la tempe gauche. La mort fut instantanée.

Le docteur Giovanelli arriva exactement à neuf heures il se doutait peu de la vérité, il se figurait qu'il allait trouver à la villa une personne de service du marquis morte d'accident, et il amenait en effet deux religieuses et un prêtre.

Le cocher les introduisit dans la chambre, ils trouvèrent le cadavre tenant dans une main le crucifix et dans l'autre le revolver.

Tous se jetèrent à genoux, le prêtre récita les prières des morts.

Le cocher interrogé raconta la fuite de la marquise, ceci leur donna l'explication du sombre drame.

Le prêtre promit de ne pas abandonner le corps de ce grand pécheur, et de prier le Seigneur de lui pardonner son suicide.

Les religieuses restèrent auprès de lui, et le docteur ayant lu les derniers volontés du défunt s'en retourna à Côme tout préparer pour l'embaumement du corps.

XII

ENFIN ! !

Ce jour-là, Marcelle était dans un vaste atelier que son mari lui avait fait construire dans le jardin de son château.

Fait en planches, mais peint de rose et tout tapissé en dedans de vieilles et belles tentures, orné de bibelots de prix, cet atelier était la pièce favorite de la jeune femme, elle y restait tout le temps qu'elle ne passait pas à faire de longues promenades, appuyée sur le bras d'Henri de Tressac, qui se montrait pour elle le plus empressé des camarades, le plus dévoué des amis.

Marcelle, tout à fait rétablie de sa fièvre typhoïde, s'amusait à peindre !

Le valet de chambre vint introduire le facteur, il

fallait lui signer un reçu d'une lettre chargée adressée au vicomte de Tressac. Comme il était occupé dans ce moment à visiter une de ses fermes, on venait demander à Marcelle de signer sur le registre.

Après avoir signé, elle prit la lettre, machinalement elle regarda l'adresse, elle reconnut l'écriture de son oncle de Salvedro.

Généralement il lui écrivait à elle et non à son mari, cette lettre chargée l'intriguait.

Tout en continuant à peindre un gros bouquet d'iris, elle se demandait pourquoi ce chargement... et pourquoi la lettre ne lui était point adressée à elle.

Henri de Tressac revint bientôt après... Me permettez-vous de vous regarder peindre, lui dit-il.

— Oui, certes... mais lisez donc, voilà une lettre de mon oncle pour vous.

— Pour moi !

Lui aussi, était étonné; il décacheta l'énorme enveloppe, — il sortit l'autre lettre qu'elle contenait, et machinalement, il lut : « Ceci est mon testament olographe fait sain de corps et d'esprit, le 18 mai 1864. »

— Son testament... mais il est malade, mais il est mort... s'exclama Marcelle, et toute tremblante elle prit l'enveloppe et elle relut : « Ceci est mon testament. »

— Non... ne vous effrayez pas... voici une lettre de lui datée du 18 et qui va vous expliquer ce mystère.

Il commença à la lire à haute voix, mais bien vite il s'arrêta, balbutia et pâlit.

— Mon pauvre cher oncle... il est mort, parlez, parlez de grâce, je veux savoir.

— C'est affreux, balbutiait de Tressac... la lettre tremblait dans ses mains, il ne pouvait plus lire, car ses yeux se remplissaient de larmes.

Marcelle lui arracha la lettre des mains — un malheur... un malheur lui est arrivé — je veux savoir.

Elle lut, puis elle relut — mais il s'est tué... mais c'est horrible !... Elle perdit connaissance.

Henri appela ses gens ; aidé par un domestique il la coucha sur un divan, il lui fit respirer des sels.

Elle revint à elle après quelques minutes, elle tenait encore la lettre crispée dans ses mains... oh ? la maudite femme, elle a tué mon oncle, elle a brisé mon bonheur...

— Oh ! pardon, Henri, la douleur me fait oublier et je vous blesse sans le vouloir.

— Non, vous ne me blessez pas, moi aussi je la maudis, car elle a brisé ma vie ; — mais je dois partir, obéir à l'appel de ce mourant, et lui rendre les soins pieux qu'il réclame.

— Oui, mon ami, allez... qui sait, peut-être n'a-t-il pu mettre son sinistre projet à exécution, peut-être vit-il encore, peut-être est-il blessé ?

— Il sonna, donna des ordres, pour qu'on lui préparât sa valise et qu'on fît atteler... il devait partir en moins d'une heure pour pouvoir prendre le train allant à Paris.

— Elle se jeta dans ses bras d'un élan spontané.

Il la retint quelques secondes serrée sur son cœur, elle sentait ce cœur battre bien fort... puis il mit un tendre mais fraternel baiser sur son front... Marcelle, ma chère Marcelle, j'ai été bien coupable... pardonnez-moi et surtout croyez-moi, je vous aime de toute mon âme et il partit en courant, la laissant toute troublée de cet aveu.

— Oui, murmura-t-elle, il m'aime, je le crois, il m'aime comme je l'aime, d'amour... hélas! nous allons être deux à souffrir... s'aimer et ne pouvoir se posséder, s'aimer et être séparés par une honte... quel supplice !

Elle relut la lettre de son oncle... et, crispant ses petites mains, elle criait : « Mais elle est infâme, cette Régina !...

Tout à coup une douleur sourde la fit tressaillir des pieds à la tête, un flot de sang lui montait au visage; l'enfant qu'elle portait en son sein venait de faire un brusque mouvement.

Bientôt une seconde douleur, plus forte, lui arracha un cri de douleur.

Elle agita une sonnette allant de son atelier dans la lingerie; sa femme de chambre accourut... une troisième douleur la tordait.

— Seigneur ! s'écria cette femme. Madame va accoucher à sept mois, et M. le vicomte qui vient de partir. Je vais envoyer un garçon d'écurie lui dire de tuer un cheval s'il le faut, mais de rejoindre la voiture et de ramener Monsieur.

— Gardez-vous-en bien, mon oncle est mort, il faut que mon mari arrive le plus tôt possible à Côme... Envoyez chercher le docteur.

La femme de chambre sonna, un valet de chambre vint; tous les deux aidèrent Marcelle à monter dans sa chambre.

Cette dernière émotion se produisant au moment même où son septième mois de grossesse venait de finir déterminait, en effet, un accouchement prématuré.

Les domestiques, très effrayés de la responsabilité qui leur incombait, leur maître étant absent, firent du zèle, ils envoyèrent chercher deux docteurs, ils appellèrent une fermière qui était en train de sevrer son enfant. Cette femme donna les premiers soins à Marcelle, et elle s'installa près d'elle, lui donnant du courage et lui disant que les enfants de sept mois viennent souvent aussi bien que ceux nés à terme.

Les médecins arrivèrent presque en même temps; ils passèrent la nuit au château. Le matin à six heures Marcelle mit au monde une petite fille qui se mit à piailler fort et ferme comme pour prouver qu'elle était bien vivante.

Elle était toute mignonnette, mais les docteurs assurèrent qu'elle était bien constituée et qu'avec beaucoup de soins on arriverait à l'élever.

La fermière, faisant office de sage-femme, la débarbouilla, lui fit sa toilette, puis elle la présenta à la mère.

Marcelle eut une douloureuse émotion, elle pensa au père, à ce pauvre Georges mort sans avoir connu son enfant, elle songea que cette pauvre fillette, née d'une faute, n'aurait pas l'affection d'un père, et ce fut en pleurant qu'elle lui donna le premier baiser.

— Oh ! la pauvre mignonne ' s'écria la fermière toute scandalisée, c'est avec des larmes qu'on la reçoit.

— Hélas ! fit Marcelle, elle vient... alors que je pleure le frère de ma mère.

— Les enfants, voyez-vous, marquise, sont nos anges consolateurs, ils nous consolent de tout, ces chers petits êtres, et c'est en souriant de bonheur qu'il faut les recevoir.

La mère embrassa encore la fillette; elle sera jolie, fit-elle en lui souriant tendrement.

La fermière lui donna le sein, et, en petite goulue, la mignonnette prit sa première nourriture.

Les docteurs trouvèrent une femme gaillarde, jeune et robuste, qui avait un lait tout frais ; cette nourrice fut installée au château, tandis que la fermière restait comme garde.

Marcelle allait aussi bien que son état le permettait ; pourtant, lorsque Lucy arriva le lendemain avec le petit Jean et le fidèle Pierre, en apprenant que madame de Tressac avait accouché à sept mois et que le vicomte était parti pour Côme chercher le corps du marquis de Salvedro, elle comprit le drame qui s'était passé là-bas. Elle devina l'émotion qu'il avait causé à la jeune femme et elle pria qu'on n'annonçât pas encore son arrivée.

Elle resta huit jours dans le château sans que Marcelle soupçonnât la présence du petit Jean.

Le neuvième jour, Marcelle se trouvait si vaillante qu'elle voulut se lever quelques heures.

Miss Lucy se fit annoncer. Elle entra dans la chambre de la jeune femme, en tenant le petit Jean à la main.

Marcelle le serra dans ses bras avec une grande effusion. Le pauvre orphelin à qui on avait dit pour le consoler pendant toute la durée du voyage, qu'on le conduisait près de sa mère, tout en rendant ses baisers à sa tante, disait : Maman, maman... Et il cherchait des yeux sa mère.

.. En lisant les quelques lignes par lesquelles son oncle la priait de servir de mère à son fils elle éclata en sanglots et, couvrant de baisers les cheveux bouclés du petit Jean, elle s'écria :

— Je le jure devant Dieu, je serai pour lui la plus dévouée et la plus tendre des mères.

Elle reçut Pierre avec bienveillance.

— Vous aiderez, lui dit-elle, miss Lucy dans les soins à donner à l'enfant.

Elle envoya chercher, à la ville voisine, un chargement de jouets, et l'enfant, avec l'heureuse inconscience de cet âge, en s'amusant avec ses jouets oublia sa mère.

La petite Mignonnette venait à merveille.

Marcelle revenait à la santé, elle devenait encore plus belle. La maternité embellit la femme saine et robuste, elle donne à sa beauté un quelque chose de plus fini, de plus complet.

Cinq semaines s'écoulèrent, la jeune femme se prenait d'une sincère affection pour le petit orphelin, elle passait de longues heures à jouer avec lui ; parfois, le tenant par la main, elle allait se promener à travers champs avec lui.

De Tressac avait été retenu assez longtemps en

Italie, à cause d'une foule de formalités à remplir.
Une fois à Paris, de nouvelles formalités l'avaient
retardé.

Il avait voulu surveiller la construction du superbe tombeau qu'il faisait élever au Père-Lachaise,
au marquis de Salvedro.

Il avait dû rester aussi plusieurs jours pour accomplir certaines clauses du testament, et s'entendre avec l'ambassadeur du Brésil, afin de se
conformer aux lois de cette nation.

Il écrivait presque tous les jours à Marcelle des
lettres très affectueuses, il la tenait au courant de
tout ce qu'il faisait. Souvent il lui parlait de la petite
Mignonnette, qu'il lui tardait, disait-il, d'embrasser.

Marcelle lui parlait de Jean ; il est bien beau et
bien gentil, notre fils, lui disait-elle, dans presque
toutes ses lettres, et elle lui détaillait les gentillesses
du bébé.

Par une chaude après-midi des premiers jours de
juillet, Marcelle était dans son atelier, elle portait
une robe de cachemire blanc brodée de noir avec
nœuds de crêpe ; sa luxuriante chevelure tombait
en boucles épaisses sur ses épaules. Le petit Jean,
debout sur elle, un bras passé autour du cou de la
jeune femme, jouait avec les boucles de ses cheveux, il la décoiffait à plaisir, il riait aux éclats, car
ce jeu l'amusait beaucoup.

Marcelle riait aussi et elle embrassait la noire chevelure du bébé.

Soudain en levant les yeux, elle aperçut, Henri de Tressac, devant elle, et contemplant ce tableau d'un air ému.

Elle se leva, toute rougissante, et lui présentant l'enfant. Embrassez notre cher fils, dit-elle.

Il embrassa le petit Jean d'un élan d'amour paternel, puis il serra Marcelle dans ses bras... Où est Mignonnette? Vite, je vous en prie, demandez qu'on nou apporte notre fille, il me tarde de l'embrasser.

La nourrice, appelée, apporta l'enfant, Henri de Tressac la prit dans ses bras, la baisa longuement sur le front, en lui disant : « Ma petite Mignonne, tu es déjà tout plein jolie, et ton père, je le jure, t'aimera tendrement. »

Marcelle feignait d'arranger les fleurs d'un vase, afin de dissimuler les larmes qui mouillaient ses yeux.

Deux jours après, l'amiral arrivait pour tenir sa petite nièce sur les fonts baptismaux ; il la trouva si jolie, si mignonne, qu'il dit qu'on devait la nommer Mignonnette. La comtesse de Perani, une amie de Marcelle, vint pour servir de marraine, et la fillette fut baptisée sous les noms d'Henriette-Julie-Marie-Mignonnette.

Vu le deuil des époux, le baptême se fit sim-

24.

plement et sans fête ; Henri fit distribuer mille
francs aux enfants les plus pauvres du village voisin.

La comtesse de Perani repartit pour Trouville ;
l'amiral rappelé par son service, laissa les époux au
bout de huit jours pour retourner à Toulon. « Je vous
préviens, leur dit-il, que dès que j'aurai ma retraite,
je viens m'installer dans votre château ; je serai
l'instituteur de ma chère filleule, je lui apprendrai
à monter à cheval, et elle chassera, et à cette vie de
grand air, la belle Mignonnette deviendra une belle
et robuste jeune fille. »

Marcelle, l'embrassant comme on embrasse un
père tendrement aimé, lui dit tout le bonheur qu'elle
aurait à l'avoir auprès d'eux.

Comme elle lui savait gré, à ce brave marin, de
l'affection qu'il témoignait à la fille sans père... à
l'enfant de la faute !

Un soir, Marcelle et Henri se trouvaient seuls dans
l'atelier de la jeune femme... Ils causaient, lui était
un peu nerveux, il riait comme pour dissimuler
des larmes.

Il était assis près d'elle. Soudain il se le leva, il se
mit au piano, il joua nerveusement d'abord puis
son jeu s'amollit, il se mit à chanter une chanson
d'amour, une chanson dans laquelle l'amoureux,

après avoir dépeint sa flamme en termes brûlants, contait sa douleur en termes éloquents.

Sa voix tremblait un peu, mais elle était vibrante et chaude. Marcelle l'écoutait les yeux baissés et le cœur battant.

Cette voix d'un organe si harmonieux lui donnait des frissons de volupté ineffables.

Le chanteur cessa de chanter, il vint s'asseoir près d'elle, il passa son bras autour de la taille de la jeune femme et tout bas, bien bas, il lui dit des choses qui amenèrent un nuage de pourpre sur les joues de Marcelle.

Puis il se mit à ses genoux, et couvrant sa mignonne main de baisers : — Veux-tu, dis... je t'en conjure, dis oui, le passé est le passé, le présent et l'avenir sont à nous... nous nous aimons, pourquoi nous condamner au malheur, alors que l'amour et le bonheur nous sourient.

Elle se pencha vers lui, et leurs bouches se rencontrèrent. Ils se donnèrent le premier baiser d'amour.

Et cette nuit-là fut leur vraie nuit de noces.

Dix mois après Marcelle mit au monde un beau petit garçon.

Les deux époux s'adorent encore malgré leurs vingt ans révolus de mariage.

Ils ont partagé également leur affection entre les trois enfants.

Jean est un bel officier de dragon.

Le plus jeune, Rénold, est entré dans la marine, il est un de nos jeunes et sympathiques enseignes de vaisseau.

Mignonnette, élevée au château de Tressac, par son parrain l'amiral, est devenue une grande et si jolie jeune fille, que le marquis de R., héritier d'un des plus grands noms du faubourg est devenu tout fou d'amour pour elle... ils se sont mariés, l'amiral a eu la joie d'être parrain de son arrière-petit-neveu. Mignonnette est aujourd'hui une de nos plus charmantes mondaines.

Les époux de Tressac passent huit mois de l'année dans leur château, ils aiment cette demeure qui a été témoin de leur première nuit d'amour, témoin de leur franche réconciliation.

XIII

COMMENT A FINI LE ROMAN D'AMOUR DE LA MARQUISE
DE SALVEDRO

Serge Azoumoff, appartenait à cette catégorie de jeunes Russes dont Pouchkine à dit : Ils sont atteints de la pire des maladies, de la maladie de l'âme.

La génération actuelle en Russie, souffre d'un mal singulier : c'est une sorte de lassitude morale, les jeunes gens sont fatigués à vingt ans, et ils sont en proie à un découragement morne, ils ont en eux une force intellectuelle qu'ils ne peuvent utiliser, La comédie de Griboiedof, *Le malheur d'avoir trop d'esprit*, Goréatouma, est tristement vrai dans ce pays. Malheur à celui qui pense, malheur à celui qui réfléchit, malheur à celui qui donne carrière à son intelligence. — Son esprit le rendra suspect. — S'il écrit ou s'il parle, l'exil, la forteresse ou la Sibérie l'attendent. Les pères savent cela, et ils enseignent à leur fils l'obéissance passive, la flatterie constante et l'adoration servile du Czar, et l'art de détruire en soi raisonnement et pensée. Alors cette jeunesse s'abêtit, elle étouffe l'âme et la pensée en elle, elle devient indifférente au bien comme au mal, elle se lance à corps perdu dans les plaisirs, seule chose que permette l'autocratie, et elle tombe bientôt, cette jeunesse dans le jeu et dans la débauche, elle est flétrie en sa fleur et elle ne produit aucun fruit vigoureux.

Il est quelques-uns de ces jeunes gens qui, mieux doués que les autres, avaient en eux l'étoffe d'un homme de valeur ; l'art attirait les uns, la poésie séduisait les autres, quelques-uns avaient au cœur des élans vers le bien, ils étaient épris de cette mâle et virile liberté, ils s'indignaient en considérant le sort du peuple, le sort des hommes de toute une colossale nation. Mais ayant compris bientôt les dangers qu'ils allaient affronter, — ils ont jeté un masque sur leurs idées, ils les ont dissimulées et ils se sont efforcés de ne plus penser, et pour y arriver plus facilement, ils ont jeté leur jeunesse en pâture à l'orgie ; ils auraient pu être les apôtres du bien, ils deviennent les fanfarons du vice.

Serge Azoumoff était né doué d'une âme clair-
voyante, d'un cœur épris de dévouement et de cha-
rité, et d'une intelligence forte.

Tout jeune, il était devenu un des fidèles du
cercle des *Schellingistes*, à Moscou. Lié avec Kirief, et
Androsof, il s'était épris des théories des philosophes allemands; celles d'Hégel, l'avaient étonné,
celles de Schefling avaient ouvert son esprit au
raisonnement, elles l'avaient séduit et avec lui tous
les membres de ce cercle, il s'était mis à rêver le relè-
vement de sa patrie, en se servant des théories de
Schelling, sur le progrès individuel appliqué au
progrès général, tant en politique qu'en littérature
et aussi au point de vue social.

Il était à la veille de devenir un homme, un pen-
seur, lorsque son père riche, propriétaire de mines
de diamants en Sibérie, lui avait tenu le langage
suivant :

« Mon fils, tu te mêles de ce qui ne te regarde
pas, tu oublies que nous sommes sujets de Sa
Majesté; nous n'avons pas à nous préoccuper des
questions sociales et humanitaires; le czar notre
père pense pour nous, et ceci doit nous ôter le souci
de penser...

— Mais, s'écria le jeune Serge Azoumoff, la pensée
fait partie de notre être, sommes-nous donc libres
de ne pas penser?

— Nous devons, mon fils, user de toute notre volonté morale pour arriver à paralyser notre pensée.

— Mais pourquoi commettre ce suicide de la meilleur partie de notre être ?

— Pourquoi? mais, malheureux, pour ne pas être soupçonné de douche (esprit libéral); tu le sais bien, celui qui ose chez nous se montrer épris des idées libérales, est un homme perdu.

— Ce qui prouve, mon père, que tout est à changer dans notre patrie.

— Tais-toi donc, malheureux fou, les murs ont des oreilles, veux-tu aller finir tes jours dans une noire forteresse? veux-tu aller travailler aux mines, crois-moi, ce qui est, est, ce n'est pas toi qui le changera. Je suis riche, je n'ai que toi d'enfant, tu est mon unique héritier, voilà de l'argent, Lorsque ce portefeuille sera vide, je le remplirai encore sans te faire un reproche, mais amuse-toi, laisse les idées dangereuses aux fanatiques ou à ceux qui, deshérités de la fortune, ne font plus aucun cas de la vie.

Serge avait pris le portefeuille bourré de billets de cent roubles que lui avait offert son père, il avait cessé de fréquenter le cercle des *Schellingistes*, et il s'était lancé dans cette vie de soupers d'orgie et de jeu que mène la jeunesse russe.

En deux ans, son âme était morte, son esprit s'était abêti, son corps s'était fatigué.

Alors avec une poignante angoisse il s'était dit : la satiété va venir, que ferai-je après ? l'épouvante l'avait pris, et avec son intelligence rendue malsaine par la débauche, il avait voulu devenir un être étrange s'élevant au-dessus de ses compagnons de plaisir ; les questions sociales et humanitaires lui étaient interdites, mais il avait le droit de rêvasser plaisirs et amour ; il avait rêvé beaucoup, et de ces rêves malsains était sortie cette espèce de culte élevé à l'amour charnel ; il avait voulu s'en faire le prophète, et il prêchait à tous ses anciens compagnons d'orgie ses singulières théories non sur l'amour, mais sur la mise en scène dont il faut l'entourer.

— Mon cher, lui disaient ses amis, ceci cache une faiblesse qui se dissimule sous des fleurs !

Mais à partir de ce jour Serge Azoumoff passa pour un original, pour un païen aimant en païen.

Les femmes curieusement se demandaient si, par hasard, il aurait trouvé le moyen d'aimer d'une façon plus poétique que les autres hommes, et elles faisaient toutes sortes d'avances au jeune Serge Azoumoff.

Il eut à Pétersbourg un temple dédié à l'amour qui reçut la visite de plus d'une grande dame. On se chuchotait sur ce temple des choses bizarres et merveilleuses.

Serge Azoumoff était ravi, il était arrivé à une sorte de célébrité.

Mais, à trop s'occuper de ce dieu païen, son intelligence finit par recevoir un choc. Au bout de quelques années il devint un sorte de fou histérique.

Son père mourut sur ces entrefaites, lui laissant une grande fortune. Alors Serge fit construire un temple féerique, il attacha à sa personne des musiciens et des danseuses ; plus de trente femmes du grand monde furent à tour de rôle les prêtresses de son temple. Tout ceci fit beaucoup de scandale, et un beau jour le grand maître de la police secrète le fit mander chez lui, et lui signifia d'avoir à quitter la Russie.

— Eh quoi ! s'écria Serge, c'est un ordre d'exil ?

— Pas tout à fait, mais laissez oublier toutes vos scandaleuses folies, voyagez pendant quelque temps à l'étranger, sans quoi ce sera l'exil et la forteresse peut-être.

Serge Azoumoff, était venu à Paris d'abord, et là il avait commis assez d'excentricités pour que toutes les gazettes mondaines s'occupassent de lui : il avait dépensé pour cela un argent énorme, la réclame le grisait il la prenait pour la fumée de la célébrité.

Mais la publicité est une fille changeante, elle

n'aime pas à s'occuper longtemps de la même personnalité. Lorsqu'on ne parla plus de lui, Azoumoff trouva Paris ennuyeux avec sa pluie chronique et son ciel gris. Son esprit malade, souffrant des atteintes du cancer-vice, avait besoin lui aussi de changement. Après avoir parcouru l'Italie, les rives si belles du lac de Côme le séduisirent.

Là, la police russe ne pouvait pas entraver ses bizarreries, il se fit bâtir le palais que nous connaissons, il dépensa plus d'un million. Rien que le jardin vitré et le temple dédié au dieu Amour lui coûtaient cinq cent mille francs.

Voilà pour quel triste fantoche, pour quel misérable fou, Régina de Salvédro avait déserté le toit conjugal, voilà pour quel être nul en somme elle avait causé la mort du galant homme dont elle avait l'honneur d'être la femme. Avait-il aimé Régina?

Oui, à sa façon, il l'avait trouvée plastiquement fort belle, jamais il n'aurait eu encore une femme d'une beauté si parfaitement selon son idéal.

Elle appartenait au grand monde, ceci ajoutait à ses yeux un nouveau prestige à cette femme; pour la posséder il aurait fait toutes les folies possibles. Régina, entraînée vers lui par une passion affolée, ne le réduisit point à cette extrémité.

Jonglant avec ses millions, sans se demander si leur source ne finirait pas par se tarir, il avait envoyé son secrétaire à Naples pour qu'il offrît à un Anglais qui se promenait dans ces parages avec un yacht des sommes folles pour qu'il cédât son gracieux petit vapeur tout armé.

Celui-ci, en homme pratique, l'avait vendu le double de sa valeur, payé comptant; il l'avait laissé le jour même à la disposition de l'acquéreur.

C'est sur ce petit mais fort coquet yacht que le prince Azoumoff et Régina étaient allés se réfugier après avoir fui les rives du lac de Côme.

Le marché du vapeur avait été tenu secret, ni le capitaine ni les matelots ne connaissaient le nom du nouveau propriétaire, qu'ils croyaient tous être Américain, car ils entendaient Régina et Azoumoff se parler toujours en anglais; ils prirent la mer bien vite, se figurant avoir à redouter les poursuites d'un mari, ivre de fureur et de jalousie.

Pendant trois mois, ils vécurent dans le culte du dieu païen, leur yacht côtoyait les rives de la Méditerranée, parfois il s'arrêtait dans un port. Azoumoff allait à terre, il revenait, apportant à Régina des étoffes, des bijoux et des bibelots de prix.

Pendant deux mois, cette vie passée dans cette prison mouvante avait ravi la jeune femme, puis elle avait trouvé les journées longues. Un beau jour, Azoumoff la surprit en train de bâiller à se démettre la mâchoire.

— Tu t'ennuies, Régina, lui dit-il en s'agenouillant devant elle.

— Non, mais la mer me paraît toujours trop bêtement bleue.

— Où désires-tu aller?

— J'ai ouï parler des enchantements des rivages du Bosphore.

— Veux-tu que nous nous y fassions bâtir un palais féerique, un palais qui fera pâlir ceux décrits dans les *Mille et une nuits?*

— Oh oui! fit-elle joyeusement.

Avant six mois ce palais sera construit.

Il descendit à terre dans le premier port qui se trouva sur le passage, il écrivit en Russie à son intendant, lui donnant l'ordre de lui expédier un million à Constantinople; il écrivit ensuite à son secrétaire, resté dans sa villa du lac de Côme, de lui apporter son courrier à Constantinople et d'y faire arriver par une autre rout détournée ses domestiques russes. Il recommanda aux deux hommes d'adresser les lettres au nom du comte Alexandrovich; il lui recommandait de ne pas prononcer son nom, dans cette ville, mais il lui donnait l'ordre d'y louer sous son nom, à lui, la plus jolie villa qu'il trouverait sur le Bosphore, et de laisser l'adresse poste restante au nom d'Alexandrovich.

Un mois après, le yacht du prince Azoumoff entrait par la mer de Marmara dans les eaux du Bosphore. Azoumoff descendit à terre par l'échelle de Top-nané ; il alla à la poste. Il y trouva en effet une lettre de son secrétaire lui annonçant qu'il avait loué une villa sur la côte d'Asie, à Kanlidjé.

Une lettre de son intendant, de Russie, lui annonçait qu'il ne pouvait exécuter son ordre, qu'il lui envoyait tout l'argent dont il pouvait disposer ; cinq cents mille francs, mais qu'à son premier appel il se rendrait dans la ville qu'il lui désignerait afin de l'entretenir de ses intérêts.

— Le voleur, l'animal, il m'aura tellement pillé, qu'il n'a plus d'argent à m'expédier, dit Azoumoff, en haussant les épaules ; il ne se rendait pas même compte des millions qu'il avait gaspillés !

Il retourna s'embarquer, le pilote eut ordre d'aller accoster à Kanlidjé.

Régina, debout sur le pont, était sous le charme...

— Vivre, vivre toujours ici, quel rêve, fit-elle en enroulant son bras autour du cou de son amant.

— Ce sera une douce réalité, lui dit-il, et tous deux contemplèrent le féerique panorama de Stamboul baignant ses palais dans la mer de Marmara et et dans la Corne d'Or, de Galata et Péra, recouvrant les collines et les vallées. Toutes ces maisons badigeonnées de couleurs fraîches et tendres ensevelies dans des touffes de verdure, leur apparaissaient comme des nids d'amour.

Le Bosphore sillonné de bateaux, de caïks, roulant ses vagues bleues entre des rives enbellies par une végétation luxuriante, et ornée de palais et de villas, leur causait des surprises et des ravissements sans fin.

Kanlidjé est un très pittoresque petit village bâti sur une sorte de pointe que la terre lance en plein Bosphore ; les maisons font face au canal, elles ont de larges terrasses, d'où l'on découvre toute la côte d'Asie, et le commencement de la mer de Marmara. Derrière elles, s'élèvent vers la montagne des jardins dans lesquels s'épanouit dans toute sa splendeur la flore asiatique.

Des minarets aux flèches dorées et aiguës sont huchés sur des rocs, leur blancheur se détache sur le noir vert des pins et des cyprès qui garnissent la montagne.

Tout le village de Kanlidjé forme un amphithéâtre blanc, rose, jaune, bleu, ayant pour fond de superbes massifs de pins d'Italie, et des cyprès de de vingt mètres de hauteur.

Nicolas Bogdoff, le secrétaire d'Azoumoff, avait fait une vraie trouvaille, une sorte de petit palais, fort coquet et très confortable qu'avait fait bâtir Edin Pacha pour une de ses femmes. La dame était morte, le pacha désolé ne voulait plus habiter Kanlidjé, il avait loué le palais dix mille francs pour quatre mois, et il était prêt à le vendre pour deux cent mille francs. Ce palais avait un superbe jardin entouré de hauts murs.

Régina le trouva charmant, et Azoumoff envoya prévenir le pacha qu'il était prêt à l'acheter, au prix indiqué par lui.

Nicolas Bogdoff, en donnant son courrier à son maître, lui remit aussi la lettre du marquis de Salvedro. En la lisant, il pâlit... l'injure était sanglante... Tiens, Nicolas, lis, il va falloir me retrouver cet homme ; je le forcerai bien à se battre avec moi. Bogdoff lui conta le suicide du marquis.

— Veuve... elle est veuve... murmura Azoumoff, devenu très rêveur ; il réfléchit longtemps... puis il brûla la lettre et il recommanda à son secrétaire de ne parler ni de cette lettre, ni de la mort du marquis à la jeune femme.

Quel était le mobile qui lui inspirait la pensée de laisser ignorer à Régina qu'elle était veuve ?

Il craignait qu'elle ne le mît en demeure de l'épouser, et il l'aimait toujours assez pour la garder encore comme maîtresse, mais point assez pour en faire sa femme ; et du reste il avait horreur du mariage. — Ce débauché à froid ne pouvait apprécier les douceurs de la vie calme et honorable de l'époux. En apprenant que la jeune femme n'était que la fille d'une mulâtresse, — aurait-il songé à l'épouser, que ceci lui en aurait ôté le désir ; huit jours après son arrivée à Constantinople, le palais de Edin Pacha devenait sa propriété.

Il envoya chercher à Côme toutes les richesses artistiques amoncelées dans sa villa. Il fit apporter les statues, les tentures, et faisant vitrer une partie de son jardin, il se fit arranger un jardin couvert, dans lequel il fit construire un temple merveilleux au dieu Amour.

Bientôt son palais, devint en effet digne de ceux décrits dans les *Mille et une nuits*.

Régina trouva dans les bazars de Stamboul des étoffes d'une beauté merveilleuse ; elle se fit faire des tuniques en tissus d'or, et chez elle, elle adopta l'antique costume grec, costume qui seyait-merveilleusement à sa beauté.

Pour sortir, elle portait le costume des femmes arméniennes, et les Parisiens qui l'auraient aperçue dans son caïk capitonné de satin pourpre, n'auraient certes pas reconnu, en cette Arménienne couverte de bijoux et légèrement voilée, l'ex-mondaine marquise de Salvedro.

Serge Azoumoff, donnait aussi carrière à sa fantaisie ; dans son palais il portait une simple tunique de laine blanche, et dans ses promenades il portait tantôt un costume du Caucase, tantôt le costume circassien.

Pendant plusieurs mois, la vie des deux amants fut une sorte d'enchantement continuel.

Dans la journée, ils faisaient de longues excursions.

Parfois ils visitaient tous les ravissants villages qui bordent la côte européenne du Bosphore.

Quelquefois, ils allaient jusqu'à la mer Noire.

Les îles des Princes avaient souvent leur visite.

Le matin, ils allaient à cheval parcourir les vallées embaumées formées par les montagnes de la côte asiatique. Il y a là des ruisseaux à l'eau cristalline et bavarde, des petites prairies parsemées de fleurs, des torrents impétueux roulant des gros cailloux, des troncs d'arbres gigantesques, des châtaigners superbes. La nature y est d'une variété, d'une fraîcheur et d'un pittoresque au-dessus de ce que l'imagination du poète peut rêver.

Le soir venu, ils restaient assis sur la terrasse. Ils regardaient le va-et-vient des bateaux sur le Bosphore. Puis ils allaient passer de longues heures dans le temple du dieu Amour.

Pendant quatre mois, Régina, amusée par le spectacle pittoresque de la capitale de la Turquie, ravie par ses sites enchanteurs, vécut dans une sorte de rêve charmant. Mais, tout lasse, et les natures nulles, celles qui n'ont pas une intelligence forte, et qui n'ont pas en elles ce feu sacré qui fait qu'on s'éprend d'art ou de poésie, sont sujettes à ce mal terrible qu'on nomme ennui. Les plaisirs les attirent, les absorbent un temps, puis la lassitude arrive, avec son triste cortège de morne découragement, d'idées noires et de nervosités sans cause.

Régina était une de ces natures-là. Elle admirait le beau sans le comprendre; une seconde, un site superbe retenait son regard, il l'étonnait; elle s'extasiait, mais elle n'en était ni troublée ni émue; à le revoir, déjà blasée, elle n'éprouvait plus aucune jouissance.

C'était une de ces femmes mal douées comme intelligence, mais qu'une certaine instruction avait polie; elle lui avait donné une apparence d'esprit, une apparence d'intelligence, mais tout était à la surface.

Son cœur anémié n'était capable de ressentir ni une affection profonde, ni un amour exclusif. Seule, la passion des sens avait chez elle une intensité extrême. Le sang de la race noire coulait brûlant en elle. Ces femmes-là sont des fléaux pour les hommes de cœur qui ont le malheur de les aimer. Rénolds de Salvedro en avait fait la triste expérience.

Lassée de son palais, blasée sur les plaisirs que

lui offrait le beau pays où elle vivait, Régina se sentit envahie par une sorte de morne langueur. Elle songeait à Paris, la vie mondaine lui manquait, elle commençait à se repentir d'avoir fui le toit conjugal; elle aurait pu, avec un peu d'adresse, se disait-elle, satisfaire la passion que lui avait inspiré le prince Azoumoff et rester avec son époux. Ne l'avait elle pas trompé trois ans impunément avec de Tressac!

Elle pensait au petit Jean. La maternité, même chez la femme la plus perverse n'est jamais complètement indifférente, le cœur de la plus mauvaise des mères bat parfois au souvenir de son enfant, et Régina sentait souvent un remords lui mordre le cœur, et une larme venait mouiller ses yeux.

L'avenir lui apparaissait sombre, qu'allait-elle devenir sans époux et sans enfant dans sa vieillesse?

Ces préoccupations la rendaient nerveuse et fantasque. Elle voulait s'étourdir, elle voulait ne plus penser, et elle se promit bien de se donner au moins la consolation de voir tous ses caprices, même les plus fous, satisfaits. Du reste, son amant ne s'était-il pas engagé à être son esclave, et à réaliser les plus insensés de ses désirs?

Un jour donc, elle avoua à Serge Azoumoff que son palais de Kanlidjé avait cessé de lui plaire, et que les rives du Bosphore n'avaient plus aucun charme pour elle.

— Je te comprends d'autant mieux, lui répondit-il que j'éprouve moi-même une sorte de lassitude à revoir tous les jours la même chose.

— Alors, fit-elle joyeusement, nous partirons?

— Oui, dans un mois, ma Régina, et je te conduirai dans le vrai pays des rêves.

— Où se trouve placé géographiquement ce pays enchanteur?

— Permets-moi de te faire une surprise, veux-tu?

— Oui, fit-elle, je me fie à mon prince charmant pour découvrir ce pays magique. . . . . . .

. . . .

Azoumoff était bien autrement qu'elle en proie au découragement. Il était lassé de volupté, lassé d'elle, ce noir byronnisme qui envahit l'esprit de la plus grande partie de la jeunesse russe, s'emparait de lui. Sans cesse, il se répétait cette phrase de Pouchkine : « Dans notre âme règne un froid mystérieux, notre cœur desséché nous fait un froid et une douleur dans la poitrine, le feu brûle notre sang, nous courons au plaisir et le plaisir nous précipite vers la tombe. »

Il ajoutait : « La mort est la fin de tout. »

Les philosophes allemands, Hégel, Schelling et autres, avaient enlevé de son âme les croyances en un Dieu, la foi en une vie spirituelle dont la vie humaine n'est que le prélude. Il croyait au néant; il y marchait sans amour vrai au cœur, sans un but noble, sans une mission sainte à remplir, il y marchait, allant d'une fantaisie à une autre, d'une folie à une autre folie, et en s'énervant dans une volupté factice produite par une mise en scène ayant pour but de surchauffer ses sens et son imagination.

Abêtissement ou folie devaient être la conséquence de cette vie.

Voilà dans quelles conditions il se trouvait lorsque son intendant vint de Russie lui apporter ses comptes.

Pendant ces cinq dernières années il avait gaspillé cinq millions, un million par an.

Ses mines étaient engagées pour trois millions, et leur rendement diminué d'une façon très sensible.

Un banquier de Tobolsk chez qui son père avait jadis déposé trois millions avait fait faillite.

C'était la ruine.

Il faut que Votre Excellence coupe court à ses fabuleuses dépenses, lui dit l'intendant, il faut qu'elle vende ce palais, la villa du lac de Come, qu'elle place cet argent et qu'elle vive pendant quelques années avec les rentes que lui produira cet argent.

— C'est-à-dire avec cinquante mille francs, fit-il en haussant les épaules.

— Votre Excellence peut fort bien vivre avec cela en Sibérie, et elle surveillera l'exploitation de ses mines.

— Es-tu fou ! moi aller là-haut, vivre misérablement, et à quoi bon ?

— Mais pour vivre, pour essayer de refaire une partie de votre fortune ; avec une dizaine d'années de travail et d'économie Votre Excellence y arriverait.

Il eut un rire sec, un rire nerveux.

— Tu trouves donc, toi, que vivre est une nécessité.

— Mais... c'est même un plaisir.

— Tu n'es qu'un imbécile ; le néant nous attire à lui, qu'importe qu'on y aille plutôt ou plus tard.

Longtemps il resta rêveur... il était ruiné ! plus de luxe extravagant, plus de millions à gaspiller, plus moyen de briller, d'étonner et de se poser en excentrique. Alors à quoi bon vivre... pour boire jusqu'à la lie, jusqu'à l'écœurement la satiété et la lassitude ! Pourquoi ? Il fallait finir, mais finir grandement, finir comme il avait vécu, en faisant dire de lui : « C'était un être au-dessus du vulgaire, c'était un être étrange ! »

Une fois cette pensée bien enracinée dans son cerveau, il se sentit comme soulagé d'un poids énorme, celui de la vie, de cette vie sans but noble et sain, qui commençait à lui peser lourdement.

Il redevint gai et ce fut avec enjouement qu'il donna l'ordre suivant à son intendant :

Il devait aller à Côme, et vendre la villa à n'importe quel prix, ensuite acheter du beau marbre rose, le faire envoyer à Kanlidjé, et ramener avec lui deux des artistes italiens capables de construire un temple dans un style bizarre mais beau.

L'intendant s'inclina sans oser faire une observation ; il était habitué à l'obéissance passive, esclave, il était né sur les terres du prince Azoumoff et quoique libéré il était resté soumis et craintif devant son maître.

Les marbres et les artistes arrivèrent. Serge Azoumoff leur donna l'ordre de construire dans son jardin une tombe jumelle. Il fit lui-même le dessin dans un petit temple tout en colonnades surmontées de flèches d'or. Il devait y avoir deux grandes bières faites en marbre et destinées à contenir celles en plomb. Elles devaient être placées l'une à côté de l'autre ; la statue de Cupidon devait être posée un pied appuyé sur l'une un pied appuyé sur l'autre. Ce temple de quatre mètres carrés devait, à l'intérieur, être orné de la statue de Vénus et de celle d'Apollon ; la première devait avoir les traits de Régina et la seconde ceux d'Azoumoff.

On devait placer des lampes funèbres en marbre rose de façon à éclairer *a giorno* ce temple funéraire.

Les artistes se mirent à l'œuvre ; ils firent venir des praticiens d'Italie, le prince payant royalement mais désirant que le travail fût rapidement exécuté.

Comme Régina s'étonnait de voir s'élever cette construction fort belle mais lugubre en somme, il lui dit gaiment ceci :

— Ma déesse adorée, suivant ton désir nous allons quitter cette contrée, nous irons dans un pays féerique et magique, mais avant de me lancer vers ces régions lointaines je fais construire nos mausolées. Nous mourrons un jour, la mort est la fin de tout. Eh bien ! je veux être sûr que nous aurons un dernier palais digne de nous.

Elle trouva l'idée étrange et pas vulgaire, et par cela seul l'idée lui sourit et elle vit ce monument s'élever sans un frisson d'effroi ; elle était si jeune que la mort était encore bien loin d'elle, à quoi bon s'en effrayer. Du reste pendant tout le temps que dura cette construction il lui fit faire, pour la distraire, des petits voyages, il la conduisit à Smyrne, puis à Salonique ; il lui fit faire une excursion dans le Liban, ils passèrent huit jours au Caire.

Le mouvement perpétuel est une nécessité fatale pour les désœuvrés de cette catégorie, tous ces voyages ramenèrent le sourire sur les lèvres de la jeune femme, qui rêvait des merveilles que lui promettait son amant, dans ce pays enchanté où il devait la conduire, et dont il lui parlait sans cesse.

Elle ignorait la ruine du prince, elle achetait tous les objets qui attiraient son attention ; elle comptait sur une longue vie passée dans la réalisation de toutes ses ruineuses fantaisies.

Lui aussi dépensait sans compter, la fin approchait, il savait qu'il avait de quoi aller grandement jusque-là.

On lui fit savoir que le monument était terminé.

Ils rentrèrent à Kanlidjé.

Les artistes s'étaient surpassés : ce monument de marbre rose était coquet, et fort beau, — il n'avait rien de lugubre, il convenait très bien à ces deux païens mettant l'amour des sens au-dessus de tous les devoirs de la vie.

— Notre dernière demeure te paraît-elle digne de nous ? lui dit-il en lui faisant visiter ce petit temple.

— Oui, fit-elle avec un léger frisson de froid, cependant je désire venir l'habiter le plus tard possible, et ris, si tu veux, mais ce monument va me rendre le séjour de Kanlidjé, insupportable.

— Nous partirons dans huit jours, je vais expédier mon intendant en avant pour qu'il prépare notre palais.

— Où ? fit-elle curieusement.

— Tu ne le sauras pas, permets-moi de ne pas te répondre.

Il écrivit beaucoup pendant quelques jours, il sortit plusieurs fois sans elle.

Elle trouvait tout naturel qu'il arrangeât ses affaires au moment de quitter Constantinople ; elle-même s'occupait de faire emballer ses toilettes et les mille bibelots qu'elle avait achetés.

Un soir, il fut d'une gaieté folle pendant le dîner, il lui servit à plusieurs reprises une liqueur qui lui parut forte — et comme elle lui refusait le troisième verre, disant que cette liqueur l'enivrait : — C'est égal fit-il, nous allons aller dire adieu à notre petit temple, l'ivresse de l'amour dissipera l'ivresse de cette liqueur orientale, bois encore ce verre.

Il lui demanda de mettre une tunique blanche, en fine laine turque. Lorsqu'elle n'eut plus que ce léger vêtement pour servir de voile à son corps, il s'amusa à poser une couronne de roses rouges sur sa tête, il lui mit un gros bouquet de ces fleurs sur la poitrine.

Puis il la regarda longuement et tendrement :

— Tu es si belle, lui dit-il, que si nous étions aux temps mythologiques je craindrais qu'un dieu vienne t'enlever à mon amour pour te conduire dans l'Olympe.

Il revêtit lui aussi une tunique grecque en laine blanche, puis s'agenouillant devant elle, en lui présentant une couronne de roses et lui demanda de la poser sur sa tête.

Elle rit beaucoup de ce caprice, et ainsi ridiculement affublés, ils se dirigèrent vers le temple du dieu Amour.

Une musique de bohémiennes qu'Azoumoff avait installée derrière un massif, salua leur entrée dans le jardin par un chant joyeux et par une musique éclatante et cuivrée.

Serge Azoumoff, tenant Régina par la main, ouvrit la porte du temple, et il la referma sur eux.

La jeune femme poussa un cri d'admiration au spectacle magique qui s'offrit à sa vue.

Le temple, brillamment éclairé, était transformé en un nid fait avec des roses de toutes couleurs, des jacinthes, des nénuphars blancs et des fleurs de jasmin. Ces fleurs formaient sur le sol un épais tapis.

Sur le divan, il y en avait une épaisseur de quarante centimètres ; d'énormes bouquets étaient placés dans les angles ; un bouquet d'un mètre de circonférence était posé sur la table.

C'était une féerie, un émerveillement.

Régina se crut transportée dans le palais d'une fée.

Serge entourant sa taille de son bras robuste la fit asseoir sur le divan transformé en lit de roses.

Elle regardait, elle souriait. — Soudain, portant la

main à son front elle dit : — Oh ! je souffre... de l'air, je t'en prie.

— Attends, attends une minute, mais buvons ce café il nous dégagera la tête des lourdeurs causées par ces parfums trop enivrants.

Il lui tendit une tasse, elle but machinalement, Elle eut quelques frissons, quelques mouvements convulsifs, puis elle ferma les yeux, un sommeil de plomb s'emparait d'elle.

Il la coucha sur le divan, en la tenant toujours enlacée, puis il but le contenu d'une seconde tasse placée sur une table à côté de lui, il se coucha à côté d'elle, ses bras l'étreignirent dans un spasme nerveux, et lui aussi s'endormit du sommeil éternel que donnent certains narcotiques...

Les bohémiennes chantaient toujours.

Enfin, lasses de chanter, elles s'en furent réclamer la solde promise au secrétaire du prince, et elles s'en furent.

Le lendemain matin, on trouva Régina et Azoumoff morts ensevelis sous les fleurs.

Mort bien digne de ces deux êtres affolés de passion et d'excentricité.

Par une note à l'adresse de son secrétaire, Azoumoff disait qu'ils devaient être placés sans cérémonie religieuse aucune, dans le tombeau élevé dans le jardin.

Par un testament, écrit la veille, il léguait le prix de son yacht et le palais de Kanlidjé à Nicolas Bogdoff, sous réserve que lui et sa descendance habiteraient le palais, entretiendraient le mausolée, l'orneraient de roses et le laisseraient visiter aux étrangers curieux de l'admirer.

Il avait songé même à la réclame posthume, ce pauvre grand fou de Serge Azoumoff, ce deuxième amant de cette autre pauvre folle, la marquise de Salvedro.

FIN

TABLE DES MATIÈRES

F. AUREAU. — IMPRIMERIE DE LAGNY.